대머리 여가수

La Cantatrice Chauve · La Leçon · Les Chaises

LA CANTATRICE CHAUVE · LA LEÇON · LES CHAISES
by Eugène IONESCO

세계문학전집 73

대머리 여가수

La Cantatrice Chauve · La Leçon · Les Chaises

외젠 이오네스코

오세곤 옮김

민음사

차례

대머리 여가수

반(反)연극(ANTI-PIÈCE)

등장인물

스미스

스미스 부인

마틴

마틴 부인

메리 하녀

소방대장

「대머리 여가수」는 1950년 5월 11일 녹탕뷜 극장(Théâtre des Noctambules)에서 니콜라 바타유 극단에 의해 초연되었다. 연출 및 마틴 역은 니콜라 바타유(Nicolas Bataille)가 맡았고, 스미스 역은 클로드 망사르(Claude Mansard), 스미스 부인 역은 폴레트 프란츠(Paulette Frantz), 마틴 부인 역은 시몬 모제(Simon Mozet), 메리 역은 오데트 바루아(Odette Barrois), 소방대장 역은 앙리자크 위에(Henry-Jacques Huet)가 맡았다.

1장

영국식 안락의자가 있는 영국 중류 가정의 실내. 영국의 저녁. 영국식 안락의자에 앉은 영국인 스미스가 영국식 실내화를 신고 영국식 난로 옆에서 영국식 파이프 담배를 피우며 영국 신문을 읽고 있다. 그는 영국식 안경을 쓰고 있고, 영국식의 작은 회색 코밑수염을 하고 있다. 그 옆에는 다른 영국식 안락의자에 앉은 영국인 스미스 부인이 영국식 양말을 꿰매고 있다. 꽤 긴 영국식 침묵. 영국식 추시계가 영국식 종을 열일곱 번 울린다.

스미스 부인 어, 아홉시네. 오늘 저녁엔 수프하고, 생선하고, 감자튀김하고, 영국식 샐러드를 먹었어요. 애들은 영국 물을 마셨고요. 정말 잘 먹었어요. 우린 런던 교외에 살고, 또 성이 스미스거든요.

스미스, 계속 신문을 읽으며 혀를 찬다.

스미스 부인 감자가 잘 튀겨졌어요. 기름이 깨끗해서. 모퉁이 집 기름이 최고예요. 건넛집은 비교가 안 되죠. 언덕 아래 집도 그렇고요. 물론 못 쓸 정도는 아니지만.

스미스, 계속 신문을 읽으며 혀를 찬다.

스미스 부인 어쨌든 기름은 모퉁이 집이 최고라고요…….

스미스, 계속 신문을 읽으며 혀를 찬다.

스미스 부인 오늘은 메리가 감자를 잘 익혔어요. 저번엔 잘못 익히더니. 난 잘 익혀야 좋더라.

스미스, 계속 신문을 읽으며 혀를 찬다.

스미스 부인 생선도 싱싱했어요. 입맛이 당겨서, 두 접시, 아니 세 접시나 먹었으니까. 그래 화장실을 다 들락거리고. 당신도 세 접시 잡쉈죠? 나중 접신 앞의 두 번보다 조금 담았지만. 난 더 많이 담았는데. 오늘 저녁은 당신보다 내가 더 먹었어요. 웬일이죠? 보통은 당신이 더 먹잖아요. 식욕이 없으신 것도 아닌데.

스미스, 혀를 찬다.

스미스 부인 그래도 국은 좀 짰던 것 같아요. 당신보다 더 짰어요. 하하하. 파도 너무 많았어요. 양파는 모자랐고요. 메리한테 망초 가루 좀 더 치라 그럴걸 그랬어요. 다음엔 그래야지.

스미스, 계속 신문을 읽으며 혀를 찬다.

스미스 부인 쪼끄만 놈이 맥주를 먹고 싶어하지 뭐예요. 술꾼이 되려는지. 당신 닮아서. 식탁에서, 보셨죠? 술병 노려보는 거. 컵에다 물을 따라줬더니, 목이 말랐나 봐요, 마시더군요. 헬렌은 날 닮았어요. 집안일도 잘하고, 검소하고, 피아노도 치고요. 영국 맥주를 마시겠다고 한 적도 없죠. 막내 계집애랑 똑같아요. 우유하고 오트밀만 먹는. 하긴, 두 살이니까. 페기 말예요. 강낭콩 파이[1]는 정말 맛있었어요. 후식으로 호주산 부르고뉴 포도주라도 한잔 했으면 좋았겠지만, 일부러 안 내놨어요. 애들이 배울까 봐요. 과음하는 거. 참고 절제하면서 살도록 가르쳐야죠.

스미스, 계속 신문을 읽으며 혀를 찬다.

---

1) 원문에는 '마르멜로 열매(coing)와 강낭콩(haricot) 파이'로 되어 있다.

스미스 부인 파커 부인이 아는 루마니아 식품점이 있는데, 주인이 포페스코 로젠펠트라고, 얼마 전 콘스탄티노플서 왔대요. 아드리아노플 요구르트 제조 학교를 나온 일류 기술자라나요. 그래 내일 루마니아 민속 요구르트를 한 냄비 사려고요. 런던 교외선 그런 게 흔치 않거든요.

스미스, 계속 신문을 읽으며 혀를 찬다.

스미스 부인 요구르트는 위장에 좋고, 맹장, 신장, 신앙[2]에도 좋대요. 맥킨지 킹 선생님이 그러셨어요. 옆집 존 선생네 애들 치료하면서요. 훌륭한 의사죠. 믿어도 되는. 그 양반 자기한테 직접 실험해 본 약 아니면 절대 처방 안 하세요. 파커 씨 수술할 때도 멀쩡한 자기 간을 먼저 수술시켜 봤대요.

스미스 그런데 왜 파커만 죽고, 의사는 살았죠?

스미스 부인 의사 선생 수술은 성공했고, 파커 씨 수술은

---

2) '위장', '맹장', '신장'에 이어, 갑자기 '신앙'이라는 단어가 튀어나오는 것이 당혹스러울 수 있겠지만, 원문에서도 '신격화(apothéose)'라는 전혀 동떨어진 단어를 사용하고 있다. 이에 있어 해석이 정확한지는 모르겠으나, 원문의 'appendicite(맹장염)'와 시작 부분의 발음이 비슷하기 때문에 실수로 엉뚱한 단어를 나열하는 상황이 아닐까 하여, '신장', '맹장'의 순서로 되어 있는 원문의 배열을 '맹장', '신장'으로 바꾼 뒤 거기에 '신장'과 첫 발음이 같은 '신앙'을 결합하여 보았다. 따라서 공연 준비 과정에서 더 적합한 대사로 옮길 수 있다면 바꾸어도 무방하다.

실패했거든요.

스미스　그럼 좋은 의사 아니죠. 두 번 다 성공하든지, 아님 둘 다 죽어야 돼요.

스미스 부인　왜요?

스미스　같이 회복되지 못하면 환자랑 같이 죽어야죠. 양심적인 의사라면. 선장은 파도 속에서 배하고 같이 죽잖아요. 혼자 안 살아남고.

스미스 부인　환자하고 배하고 어떻게 같아요?

스미스　뭐가 다르죠? 배도 병에 걸리잖아요. 건강한 의사가 환자랑 같이 죽는 거나, 선장이 배하고 같이 죽는 거나.

스미스 부인　아! 그 생각은 미처⋯⋯ 그럴 수도⋯⋯ 한데 그래서 결론이 뭐죠?

스미스　의사는 다 사기꾼이란 얘기죠. 환자들도 다 그렇고. 영국에선 정직한 게 해군뿐이에요.

스미스 부인　해군 병사들은 아니고요.

스미스　물론이죠.

사이.

스미스　(계속 신문을 읽으며) 도무지 이해가 안 돼요. 왜 꼭 신문엔 죽은 사람 나이만 나오는지, 새로 태어난 사람 나이는 안 나오고. 말이 안 되죠.

스미스 부인　듣고 보니 정말 그렇네요.

다시 침묵. 시계가 일곱 번 친다. 침묵. 시계가 세 번 친다. 침묵. 시계가 치지 않는다.

스미스 (계속 신문을 읽으며) 쯧쯧, 바비 와트슨이 죽었어.

스미스 부인 어머, 어째, 언제 그랬대요?

스미스 뭘 그렇게 놀라요? 다 알면서. 이 년 전에 죽었잖아요. 장례식 갔던 거 생각 안 나요? 일년 반 전에.

스미스 부인 생각나죠. 깜빡했다 금방 생각났어요. 그런데 당신이야말로 왜 신문을 보고 그렇게 놀랐죠?

스미스 여기 난 게 아녜요. 그 사람 부음 기사는 벌써 삼 년 전이죠. 그냥 연상 작용이었어요.

스미스 부인 안됐어요. 보존도 잘 됐던데.

스미스 대영제국에서 제일 멋진 시체였죠. 그 나이로 안 보였어요. 불쌍한 사람. 죽은 지 사 년이 지났는데도 몸이 따뜻했어요. 정말 팔팔한 시체였죠. 표정도 얼마나 밝은지.

스미스 부인 불쌍한 여자.

스미스 불쌍한 남자죠.[3)]

스미스 부인 아뇨, 그 부인 말예요. 그이 이름도 바비였어

3) 원문에서는 스미스 부인이 남성 정관사 'le' 대신 여성 정관사 'la'를 사용하여 "La pauvre Bobby."라고 하자 스미스가 "Le pauvre Bobby." 아니냐고 반문하는 식으로 되어 있다. 그러나 우리말로 옮기기에는 여러모로 부적당하여 의역하였다. 참고로 역시 정관사의 성 구별이 없는 영어 번역본에서는 스미스 부인이 "Poor Bobby.(불쌍한 바비.)" 하고 말하자 스미스가 "Which poor Bobby do you mean?(어떤 바비 말이오?)" 하고 반문하는 식으로 처리하였다.

요. 바비 와트슨. 이름이 똑같아서 둘을 같이 만나면 구별할 수가 없었고, 남편이 죽고 나서야 누가 누군지 알 수 있게 됐고요. 그런데 요즘도 죽은 남편하고 헷갈려서 부인을 애도하는 사람들이 있대요. 그 여자 아세요?

스미스　딱 한 번 봤어요. 바비 장례식 때, 우연히.

스미스 부인　난 한번도 못 봤어요. 예뻐요?

스미스　뭐, 반듯하겐 생겼지만, 예쁘다곤 못하죠. 너무 크고 건장해서. 하지만 그렇게 반듯하진 못해도, 굉장히 예뻐요. 좀 작고 말라서 그렇지. 음악 선생이거든요.

시계가 다섯 번을 친다. 긴 침묵.

스미스 부인　참, 두 사람 언제 결혼한대요?

스미스　늦어도 내년 봄엔.

스미스 부인　결혼식에 꼭 가봐야 할 텐데.

스미스　결혼 선물도 해야 할 텐데, 뭘로 하지?

스미스 부인　은 쟁반 어때요? 결혼 선물로 일곱 개나 받았잖아요. 하나 골라 주죠, 뭐. 쓰지도 않는데.

짧은 침묵. 시계가 두 번 친다.

스미스 부인　젊은 나이에 과부 신세라니 안됐어요.

스미스　애들이 없으니 다행이지.

스미스 부인　그렇게 원하더니. 애들 말예요. 딱한 여편네. 어떡할 뻔했어.

스미스　아직 젊어요. 재혼하면 되지, 뭐. 상복을 입어도 예쁘던데.

스미스 부인　참, 걔들은 누가 돌보죠? 아들 하나 딸 하나 있잖아요. 이름이 뭐더라?

스미스　둘 다 바비예요. 부모들처럼. 바비 와트슨한테 백부님이 계신데, 바비 와트슨이라고, 부자예요. 그 영감님이 조카 손자를 좋아하니까 걔 교육은 책임질 거예요.

스미스 부인　당연하죠. 그리고 바비 와트슨한테 백모님이 계신데, 바비 와트슨이라고, 딸아이는, 바비 와트슨 말예요, 바비 와트슨의 딸, 걔 교육은 그 할머니가 맡을 거예요. 그럼 바비도, 바비 와트슨의 엄마요, 그이도 재혼할 수 있겠죠. 사람은 있어요?

스미스　있죠. 바비 와트슨하고 사촌이에요.

스미스 부인　누구요? 바비 와트슨이오?

스미스　지금 어떤 바비 와트슨 얘기죠?

스미스 부인　바비 와트슨한테 백부가 또 계시잖아요. 돌아가신 그 바비 와트슨 영감님의 아들, 바비 와트슨 얘기예요.

스미스　아니, 딴사람이에요. 바비 와트슨의 돌아가신 백모가 계신데, 그 바비 와트슨 할머니의 아들, 바비 와트슨이오.

스미스 부인　외판원 하는 바비 와트슨 말인가요?

스미스 바비 와트슨 집안은 전부 외판원이에요.

스미스 부인 고된 일이죠. 하지만 벌이는 괜찮아요.

스미스 그래요, 경쟁이 없을 땐요.

스미스 부인 경쟁이 없을 때가 언젠데요?

스미스 화요일, 목요일, 화요일이오.

스미스 부인 아, 일주일에 사흘이오? 그때 바비 와트슨은 뭘 하죠?

스미스 쉬죠. 자요.

스미스 부인 경쟁이 없는 사흘 동안 왜 일을 안 하죠?

스미스 내가 어떻게 다 알아요? 말도 안 되는 질문에 어떻게 일일이 답을 하냐고요?

스미스 부인 (기분이 상해서) 지금 나 창피 주는 거죠?

스미스 (미소 지으며) 무슨 그런 소릴?

스미스 부인 남자들은 다 똑같아요. 온종일 퍼져서, 담배나 입에 물고, 아님 하루에도 오십 번씩 분칠이나 하고, 립스틱이나 처바르고, 그것도 아님 끝없이 술이나 퍼마시고요.

스미스 정말 여자처럼 하는 남자들을 못 봤군요. 온종일 담배에, 분칠에, 립스틱에, 위스키를 마셔대는.

스미스 부인 그런 건 상관없어요. 하지만 지겹네요…… 내가 이런 농담 안 좋아하는 거 몰라요?

스미스 부인은 양말을 아주 멀리 내던지고 이빨을 드러내 보인다.[4] 일어선다.

스미스 (역시 일어나 부인 쪽으로 가며, 부드럽게) 사람하곤. 꼭 성난 암탉 같구려. 불을 뿜어대는 게. 웃자고 한 소리예요. (부인의 허리를 잡고 포옹한다.) 늙은 것들끼리 이러니까 웃기네. 자, 불 끄고, '코' 합시다.

2장

(같은 인물들과 메리)

메리 (들어오며) 전 하녀예요. 오후엔 정말 즐거웠어요. 어떤 남자하고 영화관에 가서, 여자들하고 영화를 봤거든요. 영화관을 나와선 코냑하고 우유를 마셨고, 그러고 나서 신문을 읽었고요.

스미스 부인 그랬겠지. 오후엔 정말 즐거웠고, 어떤 남자하고 영화관에 가고, 코냑하고 우유를 마셨겠지.

스미스 신문도 읽고.

메리 마틴 씨 부부가 오셨어요. 저를 기다리셨대요. 그냥 들어오시기가 뭐해서. 저녁 식사 같이 하실 거죠?

스미스 부인 아, 그래. 우리도 기다렸어. 배가 고파서. 하도 안 오기에 우리끼리 먹으려 그랬지. 온종일 쫄쫄 굶었다고. 집을 비우면 어떡해?

4) 니콜라 바타유가 연출한 공연에서는 스미스 부인이 이빨을 내보이지도 않고 양말을 멀리 내던지지도 않았다.(원주)

메리 그러라 그러시고서.
스미스 고의로 그런 건 아냐.
메리 (웃음을 터뜨린다. 그러곤 운다. 그러곤 미소 지으며) 요강도 하나 샀어요.
스미스 부인 자, 문 열고 두 분 안으로 안내해. 얼른 옷 입고 올게.

스미스 부부는 오른쪽으로 퇴장. 메리가 왼쪽 문을 열고 마틴 부부를 모신다.

3장

(메리와 마틴 부부)

메리 왜 이렇게 늦으셨어요? 예의 없이. 시간을 지켜야죠. 아시겠어요? 어쨌든 저기 앉아서, 좀 기다리세요.

메리는 퇴장한다.

4장

(메리를 제외하고 같은 인물들)

마틴 부부는 말없이 마주 보고 앉는다. 서로 조심스럽게 미소 짓는다.

마틴 (이후의 대화는 단조롭게 늘어지는 목소리로 이루어져서 얼핏 굴곡이 없는 노래처럼 들린다.)[5] 저, 실례입니다만, 아무래도 전에 어디서 뵌 거 같은데요.

마틴 부인 글쎄, 저도 전에 어디선가 뵌 거 같네요.

마틴 혹시 맨체스터에서 우연히 뵙지 않았나요?

마틴 부인 그럴 수 있죠. 제가 맨체스터 출신이니까. 하지만 거기서 뵀는지 안 뵀는지 말씀 못 드리겠어요. 기억이 안 나요.

마틴 거 참, 신기하네요. 저도 맨체스터 출신이에요.

마틴 부인 정말 신기하네요.

마틴 정말 신기해요…… 하지만 전 오 주일쯤[6] 전에 맨체스터를 떠났어요.

마틴 부인 정말 신기하네요. 어떻게 이럴 수가. 저도 오 주일쯤 전에 맨체스터를 떠났거든요.

마틴 전 아침 여덟시 반 기차를 타고 런던에 다섯시 십오 분 전에 도착했는데요.

---

5) 니콜라 바타유가 연출한 공연에서는 이 대사를 정통 비극의 양식으로 구사하였다.(원주)

6) 여기에는 원문 주석이 있는데, 그것은 공연에서 작가의 반대에도 불구하고 이 부분을 원문과 달리했다는 내용이다. 즉 '쯤'의 원어인 'environ(앙비롱)'을 연출이 '풍선을 타고' 정도로 해석이 되는 'en ballon(앙발롱)'으로 바꾸어 공연했다는 비난이다. 물론 이 부분을 번역에서 수용하여 그런 종류의 변형이 가능한 어휘를 선택하는 것도 고려할 수는 있지만, 굳이 필요한 일이라고 생각하지는 않는다. 그러나 작가가 이에 대해 반대했다는 사실만은 여러모로 새겨볼 만한 대목이라 생각한다.

마틴 부인 정말 신기하네요. 정말 희한해요. 어떻게 이럴 수가. 저도 그 기차를 탔어요.

마틴 거참, 정말 신기하네요. 그럼 아마 기차 안에서 뵌 거겠죠?

마틴 부인 그럴 수 있죠. 가능해요. 그럼요. 아니란 법이 있나요? ……그런데 전혀 생각이 안 나요.

마틴 전 이등칸을 탔는데요. 영국엔 이등 계급 같은 게 없지만, 전 여행은 늘 이등칸으로 하거든요.

마틴 부인 정말 희한하네요. 신기해요. 어떻게 이럴 수가. 저도 이등칸을 탔어요.

마틴 정말 신기하네요. 그럼 아마 이등칸에서 만났나 봐요.

마틴 부인 그럴 수 있죠. 분명히 가능해요. 하지만 생각이 잘 안 나네요.

마틴 전 팔호차 육호실이었는데요.

마틴 부인 정말 신기하네요. 저도 팔호차 육호실이었어요.

마틴 정말 신기하네요. 어떻게 이럴 수가. 그럼 아마 육호실에서 뵌 거겠죠?

마틴 부인 정말 그럴 수 있죠. 하지만 생각이 안 나요.

마틴 솔직히 저도 생각이 안 나지만, 거기서 만났을 가능성이 있습니다. 아니, 잘 생각해 보면, 그 가능성이 대단히 높죠.

마틴 부인 네, 그래요. 암, 그렇고말고요.

마틴 정말 신기해요…… 전 창가 쪽 삼번이었는데요.

마틴 부인 어머, 정말 신기하네요. 희한하고요. 전 창가

쪽 육번이었어요. 바로 맞은편 자리요.

마틴 거참, 정말 신기하네요. 어떻게 그럴 수가…… 그럼 우리가 마주 보고 있었던 거군요. 거기서 본 거예요.

마틴 부인 정말 신기하네요. 분명 가능해요. 그런데 생각이 안 나요.

마틴 솔직히 저도 생각이 안 납니다. 하지만 이럴 경우 만났을 가능성이 대단히 높죠.

마틴 부인 그래요. 하지만 확신은 못하겠어요.

마틴 혹시 저한테 가방 좀 선반에 올려달라 그러고, 감사하다 그러고, 담배 피워도 좋다 그러고, 아니에요?

마틴 부인 네, 맞아요, 저예요. 정말 신기하네요. 신기해요. 어떻게 그럴 수가.

마틴 정말 신기하네요. 희한하고요. 어떻게 그럴 수가. 그러니까 아마 그때 만난 거겠죠?

마틴 부인 정말 신기하네요. 어떻게 이럴 수가. 그래요, 분명 가능해요. 하지만 생각이 안 나요.

마틴 저도 그래요.

잠시 침묵. 시계는 두 번, 그리고 한 번 친다.

마틴 런던에선 브룸필드 가에 사는데요.

마틴 부인 정말 신기하네요. 희한하고요. 저도 런던에 온 뒤로 브룸필드 가에 살고 있어요.

마틴 정말 신기하네요. 그, 그럼 우리가 브룸필드 가에서 만났나 보군요.

마틴 부인 정말 신기하네요. 희한하고요. 그래요, 분명 가능해요. 하지만 생각이 안 나요.

마틴 전 십구번집니다.

마틴 부인 정말 신기하네요. 저도 십구번지예요.

마틴 그, 그, 그, 그, 그럼 우리가 거기서 만난 거 아녜요?

마틴 부인 분명 가능해요. 하지만 생각이 안 나요.

마틴 저는 육층 팔홉니다.

마틴 부인 정말 신기하네요. 희한하고요. 어떻게 이럴 수가. 저도 육층 팔호예요.

마틴 (생각에 잠겨) 정말 신기하네요. 정말 신기해요. 정말요. 어떻게 이럴 수가. 제 침실엔 침대가 하나 있고요. 침대엔 녹색 새털 이불이 깔려 있고요. 침실은 복도 끝에 있는데, 양옆으로 화장실하고 서재가 있어요.

마틴 부인 세상에, 어떻게 이럴 수가. 제 침실도 녹색 새털 이불이 깔린 침대가 있고, 복도 끝에 화장실하고 서재 사이에 있어요.

마틴 정말 희한하네요. 신기하고, 이상해요. 그러니까 우린 같은 침실을 쓰고 같은 침대에서 자는 거예요. 아무래도 거기서 만났나 봐요.

마틴 부인 정말 신기하네요. 어떻게 이럴 수가. 그래요, 우리가 만났을 가능성이 아주 높아요. 어쩌면 어젯밤일 수도 있죠. 하지만 생각이 안 나요.

마틴 전 딸이 있어요. 아주 어린. 두 살이죠. 금발에, 한 눈은 하얗고 한 눈은 빨개요. 이름은 엘리스고요.

정말 예뻐요.

마틴 부인　정말 어떻게 이럴 수가. 저도 아주 어린 딸이 있는데, 두 살이고, 한 눈은 하얗고 한 눈은 빨개요. 또 정말 예쁘고, 이름이 엘리스고요.

마틴　(여전히 단조롭게 늘어지는 목소리로) 참 신기하네요. 어떻게 이럴 수가. 희한해요. 아무래도 같은 애 같아요.

마틴 부인　정말 신기하네요. 정말 가능성이 높아요.

꽤 오랜 침묵. 시계는 스물아홉 번을 친다.

마틴　(오래 생각한 뒤 천천히 서두르지 않고 일어나 마틴 부인 쪽으로 향한다. 마틴 부인도 마틴의 엄숙한 태도에 놀라 천천히 일어난다. 마틴은 여전히 느리고 단조롭고 또한 다소 노래처럼 느껴지는 목소리로 말한다.) 그럼 이제 의심할 여지가 없습니다. 우리는 분명히 만난 적이 있고, 당신은 바로 제 아내입니다…… 엘리자베스, 다시 만났구려.

마틴 부인은 서두르지 않고 마틴에게 다가간다. 두 사람은 별 감정 표현 없이 포옹한다. 시계가 한 번 크게 친다. 그 소리가 너무 커서 관객들이 깜짝 놀라야 한다. 마틴 부부는 그 소리를 듣지 못한다.

마틴 부인　도널드, 바로 당신이었군요.

두 사람은 같은 안락의자에 앉아 포옹한 채 잠이 든다. 시계가 다시 여러 번을 친다. 메리가 발꿈치를 들고 입술에 손가락을 댄 채 살며시 들어와서는 관객들에게 말한다.

5장

(같은 인물들과 메리)

메리 지금 두 분은 너무 행복해서 제 얘길 못 듣습니다. 그래 비밀을 하나 가르쳐드리죠. 엘리자베스은 엘리자베스가 아니고, 도널든 도널드가 아닙니다. 왜냐하면 도널드가 말한 애는 엘리자베스의 딸이 아니거든요. 다른 앱니다. 물론 도널드의 딸은 엘리자베스의 딸처럼 한 눈은 하얗고 한 눈은 빨갛죠. 하지만 도널드 아이는 오른쪽이 하얗고 왼쪽이 빨간데, 엘리자베스 아이는 오른쪽이 빨갛고 왼쪽이 하얗거든요. 결국 도널드의 논증 체계는 이 마지막 장애에 부딪혀 무너지고, 모든 이론이 무산되고 맙니다. 그러니까 결정적 증거로 보이는 그 기막힌 일치에도 불구하고 도널드와 엘리자베스는 같은 아이의 부모가 아니고, 따라서 두 사람은 도널드와 엘리자베스가 아닙니다. 자신이 도널드라 믿고, 자신이 엘리자베스라 믿어도 소용없습니다. 또 상대방을 엘리자베스라 믿고, 상대방을 도널드라 믿어도 소용없습니다. 둘 다 완전 착각을 한 거죠. 그럼 누가 정말 도널드고,

누가 정말 엘리자베스일까요? 도대체 이런 혼란의 지속이 누구한테 유리할까요? 그건 저도 모릅니다. 알려고 하지 말죠. 뭐든 있는 대로 그냥 놔두자고요. (문 쪽으로 몇 발자국 가다가 돌아와서 관객에게 말한다.) 제 본명이 셜록 홈즈거든요.

메리 퇴장.

6장

(마틴 부부)

시계는 제멋대로 친다. 얼마 후 마틴 부부는 떨어져서 애초의 자리로 돌아간다.

마틴 여보, 우리 둘 사이에서 일어나지 않은 일은 다 잊읍시다. 이제 다시 만났으니, 헤어지지 않고 전처럼 살도록 노력합시다.

마틴 부인 네, 여보.

7장

(같은 인물들과 스미스 부부)

스미스 부부가 전혀 달라지지 않은 옷차림으로 오른쪽 문을 통해 들어온다.

스미스 부인 안녕하세요? 오래 기다리게 해서 죄송합니다. 두 분께 예의를 차려야 된다 싶어서요. 충분히 그럴 만하죠. 그래 불시 방문으로 저희를 기쁘게 해주시려는 걸 알곤 서둘러 정장으로 갈아입고 온 거예요.

스미스 (격노해서) 우린 온종일 쫄쫄 굶었어요. 네 시간이나 기다렸다고요. 왜 이렇게 늦은 겁니까?

스미스 부부는 손님들과 마주 보고 앉는다. 시계의 종소리는 경우에 따라 적당한 힘으로 대화를 강조한다. 마틴 부부, 특히 마틴 부인은 거북하고 소심한 태도를 보인다. 이 때문에 대화는 어렵게 시작되며, 처음에는 단어도 힘들게 나온다. 우선은 거북한 긴 침묵. 이어 또 다른 침묵과 망설임.

스미스 음.

침묵.

스미스 부인 음. 음.

침묵.

마틴 부인 음. 음. 음.

침묵.

마틴 음. 음. 음. 음.

침묵.

마틴 부인 이런, 정말.[7)]

침묵.

마틴 우린 감기가 들었어요.[8)]

침묵.

스미스 춥지는 않은데요.

---

7) 마틴의 다음 대사와 연결되는 것으로 생각할 수 있다. 즉 감기가 걸린 것을 확인하고 내뱉는 말로 보인다.

8) 원문을 그대로 번역하면 "우린 모두 감기가 들었어요."가 되지만, 이 경우 '우리'가 마틴 부부만을 가리키는지, 아니면 네 사람 모두를 가리키는지 불분명하다. 그런데 만약 마틴 부부 두 사람만을 가리킬 경우, '모두', '전부', '다들', '죄다' 등 어떤 표현도 어색해진다. 우리말 습관상 두 사람에 대해 이런 표현을 쓰는 일이 별로 없기 때문이다. 따라서 '둘 다'라는 표현을 써야 하는데, 그렇게 되면 원문의 모호성이 사라져 버리는 약점이 있다. 물론 여기에서 발생하는 모호성은 말하는 이의 입장에서가 아니라 듣는 이의 입장에서다. 즉 마틴은 분명한 생각을 가지고 '우리'라고 하지만 듣는 이들의 입장에서는 그것이 네 사람인지 두 사람인지 불분명한 상태를 말한다.

침묵.

스미스 부인 외풍도 없고요.

침묵.

마틴 네, 다행이죠.

침묵.

스미스 에이, 이런, 에이.

침묵.

마틴 무슨 걱정이라도?

침묵.

스미스 부인 아뇨. 지겨워서 그래요.

침묵.

마틴 부인 어머, 선생님, 그러실 연세는 지났죠.

침묵.

스미스 감정엔 나이가 없어요.

침묵.

마틴 맞아요.

침묵.

스미스 부인 그렇다더군요.

침묵.

마틴 부인 정반대 얘기들도 하던데요.

침묵.

스미스 그 둘 중에 진리가 있겠죠.

침묵.

마틴 맞습니다.

침묵.

스미스 부인 (마틴 부부에게) 여행을 많이 하셔서 재미있는 얘기도 많을 텐데, 좀 해주세요.

마틴 (자기 부인에게) 여보, 오늘 뭘 봤지? 말해 봐요.

마틴 부인 소용없어요. 다들 안 믿을 거예요.

스미스 안 믿다니, 그럴 리가 있나요?

스미스 부인 그렇게 생각하신다면 섭섭해요.

마틴 (자기 부인에게) 여보, 그러면 섭섭해들 하실 거예요……

마틴 부인 (상냥하게) 알았어요. 오늘 아주 이상한 일을 봤어요. 정말 못 믿을 거예요.

마틴 아, 빨리요.

스미스 아, 재밌겠다.

스미스 부인 그래서요?

마틴 부인 야채를 사러 시장에 가는데, 야채 값이 매일 오르잖아요……

스미스 부인 그래서요?

스미스 거, 끊지 좀 말아요.

마틴 부인 길에서, 카페 옆에서, 잘 차려입은 신사 하나가, 쉰 살쯤 됐을까 말까 하던데, 그 사람이……

스미스 누군데요?

스미스 부인 누군데요?

스미스 (자기 부인에게) 거, 끊지 말라니까. 에이, 지겨워.

스미스 부인 당신이 먼저 끊었잖아요. 멍청하긴.

마틴 쉿. (자기 부인에게) 뭘 하고 있었는데?

마틴 부인 아마 꾸며낸 말이라 그러실 거예요. 그 사람이 땅바닥에 한쪽 무릎을 댄 채 허리를 숙이고 있었어요.

마틴, 스미스, 스미스 부인 저런!

마틴 부인 네, 허리를요.

스미스 설마.

마틴 부인 정말이에요. 그래 뭘 하나 보려고 가까이 가봤더니……

스미스 그랬더니요?

마틴 부인 풀어진 구두끈을 다시 매고 있더군요.

마틴, 스미스, 스미스 부인 세상에!

스미스 딴 사람이 한 얘기면 안 믿었을 거예요.

마틴 왜요? 다니다 보면 더 이상한 일도 많아요. 오늘만 해도 지하철에서 봤는데 어떤 사람이 조용히 앉아서 신문을 읽더군요.

스미스 부인 희한한 사람이네.

스미스 아까 그 사람이겠지.

그때 문에서 초인종이 울린다.

스미스 어, 초인종이.

스미스 부인 누가 왔나 봐요. 나가볼게요. (보러 간다. 그리고 문을 열어보곤 돌아온다.) 아무도 없어요.

스미스 부인은 다시 앉는다.

마틴 예를 하나 더 들어……

초인종 소리.

스미스 어, 초인종이.

스미스 부인 누가 왔나 봐요. 나가볼게요. (보러 간다. 그리고 문을 열어보곤 돌아온다.) 아무도 없어요.

스미스 부인은 자기 자리로 돌아간다.

마틴 (무슨 말을 하다 멈췄는지 몰라서) 음……
마틴 부인 예를 하나 더 들겠다고 하셨어요.
마틴 아, 네…….

초인종 소리.

스미스 어, 초인종이.
스미스 부인 이젠 안 열 거예요.
스미스 분명히 누가 왔을 텐데.
스미스 부인 첫 번째 아무도 없었고, 두 번째도 아무도 없었어요. 그런데 왜 이번엔 있을 거라고 믿죠?
스미스 초인종 소리가 났으니까.
스미스 부인 그건 이유가 안 돼요.
마틴 뭐요? 초인종 소리가 나면 문 앞에 누가 있는 거예요. 문 열어달라고 초인종 울리는 사람이.
마틴 부인 아닐 때도 있죠. 금방 봤잖아요.

마틴　거의 항상 그래요.

스미스　전 남의 집에 가면 벨을 울립니다. 다들 그러실걸요. 그러니까 초인종 소리가 나면 누가 있다 이겁니다.

스미스 부인　이론상으로야 맞죠. 하지만 현실에선 모든 게 달라요. 금방 봤잖아요.

마틴 부인　부인 말씀이 맞아요.[9]

마틴　여자들은 꼭 이렇게 편을 들더라고요.

스미스 부인　좋아요. 가볼게요. 괜히 우긴다는 말 못하게. 하지만 아무도 없을 거예요. (가서 문을 열었다가 닫는다.) 자, 봐요. 없잖아요.

스미스 부인은 자기 자리로 돌아온다.

스미스 부인　첫, 남자들은 언제나 우겨대죠. 꼭 틀리면서.

다시 초인종 소리가 들린다.

스미스　어, 초인종이. 누가 왔나 봐요.

스미스 부인　(분통을 터뜨리며) 나보고 가란 소리 말아요. 헛수곤 줄 봤잖아요. 경험상, 초인종이 울려도 문 앞엔 아무도 없다고요.

---

9) 원문을 직역하면 "당신 부인의 말씀이 맞아요."가 되고 따라서 스미스에게 하는 말임을 알 수 있다.

마틴 부인　그럼요.

마틴　꼭 그렇진 않죠.

스미스　아니, 틀렸죠. 초인종이 울리면 거의 항상 문 앞에 누가 있는 거예요.

스미스 부인　이인 꼭 이렇게 우겨요.[10]

마틴 부인　이이도 순 고집이에요.

스미스　누가 있어요.

마틴　있을 수 있죠.

스미스 부인　(자기 남편에게) 없어요.

스미스　있어요.

스미스 부인　없대도요. 맘대로 해봐요. 난 까딱 안 해요. 알고 싶으면 직접 가보라고요.

스미스　그러지.

스미스 부인은 어깨를 으쓱한다.[11] 마틴 부인은 머리를 좌우로 흔든다.

스미스　(문으로 가서 연다) 아, 안녕하세요?[12] (자기 부인과 마틴 부부를 힐끗 본다. 다들 깜짝 놀란 듯하다.)

---

10) '이이'나 '이렇게'는 앉은 위치와 거리에 따라 '저이'와 '저렇게'가 될 수도 있다. 다른 표현에서도 '이', '그', '저'가 포함된 경우 이 원칙이 적용되어야 하는지 잘 살펴야 한다.

11) 서양식 몸짓을 그대로 사용할 필요는 없으나 정확한 분석을 통하여 그 의미와 느낌을 파악한 뒤 그것을 어떻게 표현할지 연구해야 한다.

12) 원문에는 "Ah! how do you do?" 하고 영어로 말하도록 되어 있다.

소방대장님이 오셨어요.

8장

(같은 인물들과 소방대장)

소방대장 (당연히 번쩍이는 커다란 헬멧에 제복 차림으로) 안녕하십니까, 여러분? (모두들 아직도 약간 놀란 기색이다. 스미스 부인은 화가 나서 고개를 돌린 채 인사에 답하지 않는다.) 안녕하세요? 화나셨나 봐요.

스미스 부인 흥!

스미스 저기요, 음…… 자기 말이 틀리니까 좀 창피해서 그러는 거예요.

마틴 두 분 사이에[13] 논쟁이 좀 있었거든요.

스미스 부인 (마틴에게) 상관 없으시잖아요. (스미스에게) 제발 집안 싸움에 남들 좀 끌어들이지 마세요.

스미스 여보, 대단한 일도 아니잖소. 대장님은 우리 집하고 오랜 친구예요. 어머님도 날 좋아하셨고, 아버님하고도 잘 알았어요. 그 양반 나한테 딸이 생기면 색시로 달라 그러시더니, 기다리다 돌아가셨죠.

마틴 그 양반 잘못도 아니고, 선생님 잘못도 아녜요.

소방대장 그런데 무슨 논쟁을?

스미스 부인 자꾸 우겨대서……

---

13) 원문에는 '스미스와 스미스 부인'이라고 되어 있다.

스미스 당신이 우겨댔지.

마틴 사모님이.

마틴 부인 아뇨, 선생님이.

소방대장 흥분하지 마세요. 한번 좀 들어볼까요?[14]

스미스 부인 좋아요. 솔직히 털어놓긴 좀 거북하지만, 소방관이 고해신부 노릇도 하니까.

소방대장 자.

스미스 부인 저인 초인종이 울리면 문 앞에 꼭 누가 있는 거래요. 그래서 다퉜어요.

마틴 맞는 얘기죠.

스미스 부인 전 초인종이 울리면 아무도 없는 거라 그랬고요.

마틴 부인 이상해 보이지만.

스미스 부인 증명이 됐거든요. 이론이 아니라 실증을 통해서요.

스미스 틀렸어요. 여기 소방대장이 계시잖아요. 초인종이 울려서 문을 여니까 거기 계셨거든요.

마틴 부인 언제요?

마틴 방금이오.

스미스 부인 네, 하지만 네 번째 울리고 나서야 누가 있었죠. 네 번째까지 생각할 순 없어요.

마틴 부인 그럼요. 언제나 처음 세 번이 중요해요.

---

14) 원문에는 '스미스 부인'이란 호칭을 사용하고 있지만, 이야기 상대만 알면 될 것 같아 생략했다.

스미스　대장님, 이번엔 제가 몇 가지 물을게요.

소방대장　그러시죠.

스미스　문을 여니까 대장님이 계셨는데, 초인종, 대장님이 울리셨죠?

소방대장　네, 저였습니다.

마틴　문 앞에 서서, 문을 열라고, 초인종을 울리셨나요?

소방대장　맞습니다.

스미스　(자기 부인에게, 승리감에 싸여) 봐요. 내가 맞았죠? 초인종이 울리면 그걸 울린 사람이 있는 거예요. 대장님은 그 사람이 아니라곤 못하겠죠?

스미스 부인　물론이오. 하지만 내가 말하는 건 처음 세 번이에요. 네 번째가 아니라.

마틴 부인　첫 번째도 대장님이 울리셨어요?

소방대장　아뇨.

마틴 부인　보세요. 초인종이 울렸지만 아무도 없었다고요.

마틴　다른 사람이 울렸겠죠.

스미스　문 앞에 오래 서 계셨어요?

소방대장　사십오 분쯤이오.

스미스　아무도 못 보셨어요?

소방대장　네, 아무도요.

마틴 부인　그럼 두 번째 소린 들으셨어요?

소방대장　네, 하지만 제가 울린 건 아네요. 그때도 아무도 없었어요.

스미스 부인　야호! 내가 맞았어요.

스미스　(자기 부인에게) 아직 일러요. (소방대장에게) 그럼

문 앞에서 뭘 하셨죠?

소방대장 아무것도 안 했어요. 그냥 있었어요. 이것저것 생각하면서.

마틴 (소방대장에게) 하지만 세 번짼…… 대장님이 울리셨죠?

소방대장 네, 저였습니다.

스미스 하지만 문을 여니까 안 계셨잖아요.

소방대장 잠깐 숨었죠…… 웃기려고.

스미스 부인 웃지 마세요, 대장님. 얼마나 처참한 일인데.

마틴 결론적으로 초인종이 울려도 사람이 있는지 없는지 모르는 거군요.

스미스 부인 절대로 없어요.

스미스 반드시 있어요.

소방대장 자, 화해들 하시죠. 두 분 다 옳습니다. 초인종이 울리면, 어떤 땐 누가 있고, 어떤 땐 아무도 없습니다.

마틴 논리적이에요.

마틴 부인 그래요.

소방대장 사실 모든 게 단순합니다. (스미스 부부에게) 자, 키스하세요.

스미스 부인 좀 아까 했어요.

마틴 내일들 하실 겁니다. 시간은 넉넉해요.

스미스 부인 대장님, 문제 해결하시느라고 수고하셨는데, 편히 좀 쉬세요. 헬멧 벗고, 좀 앉아서요.

소방대장 죄송하지만 오래는 못 있습니다. 헬멧을 벗고 싶어도, 앉을 시간이 없어서요. (헬멧을 쓴 채로 앉는다.) 사실은 전혀 다른 일 때문에 왔습니다. 공무상의 일로요.

스미스 부인 공무상의 일이라면, 뭐죠?

소방대장 부디 제 결례를 용서하시기 바랍니다. (몹시 거북한 듯) 저 (마틴 부부를 가리키며) ……저분들 앞이라…… 괜찮을지……

마틴 부인 걱정 마세요.

마틴 오랜 친구 사입니다. 뭐든 다 말하는.

스미스 말씀하세요.

소방대장 좋습니다. 댁에 불이 없으신가요?

스미스 부인 그런 걸 왜 물으시죠?

소방대장 실은…… 죄송합니다만, 시내 모든 불에 대한 진화 명령을 받았거든요.

마틴 전부요?

소방대장 네, 전부요.

스미스 부인 (어리둥절해서) 글쎄요…… 없을 테지만, 가서 찾아볼까요?

스미스 (냄새를 맡으며) 있을 리 없어요. 냄새가 안 나잖아요.[15)]

소방대장 (실망해서) 전혀요? 벽난로 속에 작은 불도 없을까요? 다락방이나 지하실에도 뭐 타는 게 없고요?

---

15) 니콜라 바타유가 연출한 공연에서는 마틴 부부도 함께 냄새를 맡았다.(원주)

작은 불씨 하나도요?

스미스 부인 괴롭혀 드리긴 싫지만, 현재로선 집 안에 타는 게 전혀 없어요. 뭐든 나타나면 곧 알릴게요. 약속해요.

소방대장 잊지 마시고요. 꼭 좀 도와주세요.

스미스 부인 약속할게요.

소방대장 (마틴 부부에게) 댁에도 타는 게 없나요?

마틴 부인 네, 안됐지만요.

마틴 (소방대장에게) 요즘 일이 잘 안 풀리시나 봐요.

소방대장 네, 아주요. 거의 없습니다. 벽난로나 헛간 같은 시시한 일 말곤요. 가벼운 거뿐이에요. 수입도 없는. 수확이 없으니 수당도 형편없고요.

스미스 되는 게 없어요. 어디나 다요. 올핸 장사고 농사고 다 불경기예요. 소방서처럼.

마틴 밀도 없고, 불도 없고.

소방대장 홍수도 없고.

스미스 부인 그래도 설탕은 있어요.

스미스 외국서 들여오니까 그렇죠.

스미스 부인 은 수입도 어려워요. 세금이 비싸서.

소방대장 아주 드물긴 하지만, 가스 질식도 한두 건 있긴 합니다. 지난주엔 젊은 여자 하나가 질식사했죠. 가스를 켜놓은 채로요.

마틴 부인 깜빡했나 보죠?

소방대장 아뇨, 그게 머리빗인 줄 알았대요.

스미스 그런 혼동은 늘 위험해요.

스미스 부인　성냥 가게는 가보셨어요?

소방대장　소용없어요. 화재보험을 들었으니까.

마틴　웨이크필드 목사 댁에 가 보시죠. 제 얘길 하시고요.

소방대장　전 성직자의 불을 끌 권리는 없어요. 화를 내실 겁니다. 자기들이 직접 끄든가, 아니면 처녀 성직자들한테 끄라고 시키거든요.

스미스　듀랑 씨 댁에 가 보시죠.

소방대장　거기도 안 됩니다. 영국인이 아니라서요. 귀화인이에요. 귀화인은 집을 소유할 권리는 있지만, 불이 나도 진화를 요구할 권리는 없어요.

스미스 부인　하지만 작년에 불이 났을 땐 껐잖아요.

소방대장　혼자서 끈 거죠. 몰래요. 고발할 생각은 없지만요.

스미스　저도 그래요.

스미스 부인　아주 바쁘지 않으시면 좀 더 계세요. 다들 원하니까요.

소방대장　얘기나 좀 해드릴까요?

스미스 부인　어머, 정말이요?

스미스 부인은 소방대장에게 키스한다.

스미스, 마틴 부인, 마틴　얘기요? 와!

그들은 박수를 친다.

스미스　소방관 얘기는 다 실제 경험담이라서 더 재미있어요.

소방대장　다 제가 직접 경험한 얘기들입니다. 실화란 말씀입니다. 소설이 아니라.

마틴　그럼요. 진리는 책 속이 아니라 실제 삶 속에 있는 거죠.

스미스 부인　시작하세요.

마틴　시작하세요.

마틴 부인　조용, 시작하잖아요.

소방대장　(잔기침을 여러 번 한 뒤) 죄송하지만, 그렇게들 쳐다보지 마세요. 불편합니다. 저 부끄럼 타는 거 아시잖아요.

스미스 부인　귀여워라.

스미스 부인은 소방대장에게 키스한다.

소방대장　어쨌든 시작해 보겠습니다만, 귀를 안 기울인다고 약속해 주세요.

마틴 부인　귀를 안 기울이면 얘길 못 듣잖아요.

소방대장　아참, 그렇군요.

스미스 부인　내가 뭐랬어요. 어린애 같잖아요.

마틴, 스미스　아유, 귀여워라.

마틴과 스미스는 소방대장에게 키스한다.[16)]

마틴 부인　자, 힘내세요.

소방대장　네, 할게요. (다시 잔기침을 하고 감동하여 떨리는 목소리로) 체험 우화. 「개와 소 이야기」. 옛날에 어떤 소가 어떤 개한테 물었답니다. "자넨 왜 늘 코를 쑥 빼고 있나?" 그러자 개가 대답했습니다. "미안하네. 난 내가 코끼린 줄 알았어."

마틴 부인　교훈이 뭐죠?

소방대장　스스로 찾으셔야죠.

스미스　맞아요.

스미스 부인　(화를 내며) 다른 거요.

소방대장　어떤 송아지가 유리 가루를 너무 많이 먹고, 결국 출산을 했는데, 암소를 낳았대요. 하지만 그 송아지는 수놈이라서 암소가 '엄마'라고 부를 수가 없었대요. 하지만 '아빠'라고 부를 수도 없었대요. 너무 작아서요. 그러다 그 송아지가 누구랑 결혼을 하게 됐는데, 시청에서 모든 걸 거기 식으로 잘 처리해 주었대요.

스미스　캉[17]식으로?

마틴　소 내장 요리처럼?[18]

---

16) 니콜라 바타유가 연출한 공연에서는 소방대장에게 키스를 하지 않았다.(원주)

17) 프랑스의 도시로 칼바도스 주의 주도다.

18) 원문대로 하자면, 앞에서 "캉식으로(à la mode Caen)?" 하니까 그것을 받아서 "(캉식) 트리프처럼?"이 되는데, '캉식 트리프(tripes à la mode Caen)'는 '소의 위와 다리, 야채 따위를 사과주로 찐 노르망디 지방의 요리'다.

소방대장 이 얘기 아세요?

스미스 부인 신문마다 다 났어요.

마틴 부인 여기서 별로 안 멀잖아요.

소방대장 다른 얘기 할게요. 「수탉」. 옛날에 어떤 수탉이 개처럼 보이고 싶었대요. 하지만 금방들 알아봐서 실패했대요.

스미스 부인 반대로 수탉처럼 보이고 싶었던 개는 한번도 안 들켰대요.

스미스 이번엔 제가 하나 하죠. 「뱀과 여우」. 옛날에 어떤 뱀이 어떤 여우한테 다가가서 "어디서 뵌 거 같군요." 하니까, 여우가 "저도요." 했답니다. 그러니까 뱀이 "그럼 돈 좀 주시오." 했고, 그러자 이 교활한 짐승은 "여우는 돈을 주는 법이 없소." 하고는 산딸기와 병아리, 꿀이 가득한 깊은 계곡으로 뛰어 달아났답니다. 하지만 벌써 뱀이 악마 같은 웃음을 터뜨리면서 기다리고 있더랍니다. 그래 여우는 칼을 뽑아들고 "사는 법을 알려주마." 하고 외치고는 다시 등을 돌려 도망쳤답니다. 하지만 불쌍하게도 뱀이 더 빨라서 여우의 이마를 정통으로 내리쳤답니다. 여우는 한주먹에 산산조각이 나고 말았죠. "아냐. 정말 아냐. 난 네 딸이 아냐." 하고 외치면서요.[19]

마틴 부인 재미있네요.

---

19) 공연에서는 이 일화가 삭제되고, 스미스는 아무 소리도 내지 않으며 몸짓만을 하는 데 그쳤다.(원주)

스미스 부인　괜찮군요.

마틴　(스미스의 손을 잡으며) 축하합니다.

소방대장　(샘이 나서) 별론데요, 뭐. 전 벌써 아는 얘기고요.

스미스　좀 끔찍하죠?

스미스 부인　어차피 얘긴데요, 뭐.

마틴 부인　아니, 실화예요.

마틴　(스미스 부인에게) 하실 차례예요.

스미스 부인　하나밖에 몰라요. 그거 할게요. 제목은 「꽃다발」이에요.

스미스　제 처는 항상 낭만적이에요.

마틴　정말 영국 숙녀세요.[20)]

스미스 부인　할게요. 옛날에 한 남자가 자기 약혼녀한테 꽃다발을 주었대요. 여자는 고맙다 그랬고요. 하지만 남자는 여자가 고맙다는 말을 하기도 전에, 교훈을 주기 위해, 아무 말 없이 꽃다발을 다시 빼앗았대요. "도로 내놔요." 하면서요. 그러곤 "안녕." 하면서 꽃다발을 들고 이리저리 사라져 버렸대요.

마틴　와, 멋있어요.

마틴은 스미스 부인에게 키스하거나 하지 않는다.

마틴 부인　(스미스에게) 정말 다들 부러워할 만한 부인을

20) 공연에서는 바로 앞의 대사와 이 대사를 세 번 반복했다.(원주)

두셨어요.

스미스 맞아요. 게다가 또 지적이죠. 저보다 더 지적이에요. 또 훨씬 여성적이고요. 다들 그래요.

스미스 부인 (소방대장에게) 하나 더 해주세요.

소방대장 아뇨, 늦었습니다.

마틴 그래도 하세요.

소방대장 너무 피곤해서요.

스미스 좀 해주세요.

마틴 부탁이에요.

소방대장 아뇨.

마틴 부인 너무 냉정하시네요. 이렇게들 애걸하는데.

스미스 부인 (흐느끼며 무릎을 꿇거나 꿇지 않은 채) 제발이오.

소방대장 좋습니다.

스미스 (마틴 부인의 귀에 대고) 승낙했어요. 보나마나 지겨울 텐데.

마틴 부인 글쎄 말예요.

스미스 부인 이런, 너무 예의를 지켰나?

소방대장 「감기」. 제 처남한테 아버지 쪽으로 사촌이 있었는데, 그 사촌의 외삼촌의 장인의 친조부가 재혼한 원주민 처녀의 오빠가 여행 중에 만나 한눈에 반한 처녀한테서 낳은 아들이 결혼한 대담한 여자 약사의 삼촌인 무명 영국 해군 장교의 양부한테는 스페인어가 유창한 숙모가 있었는데, 그 숙모는 젊어서 죽은 어떤 기술자의 손녀였고, 그 기술자의 조부는 싸구려 포도주를 생산하는 포도원 주인이었지만, 그 조부의 사촌 손자는 집 안에만 틀어박혀 있는 특무상사였고, 그 상사의 아들이 결혼한 젊고 예쁜 여자의 전남편의 부친은 성실한 애국자로서 재산을 불릴 셈으로 딸 중 하나를 잘 길러 로칠드[21]를 잘 아는 어떤 사냥꾼한테 시집보냈는데, 그 사냥꾼의 형이 여러 번 직업을 바꾼 후에 결혼하여 얻은 딸의 증조부는 몸이 약해서 사촌이 준 안경을 꼈었고, 그 사촌의 매부는 포르투갈 사람인데, 그럭저럭 살 만한 어떤 제분업자의 사생아였고, 그 제분업자의 젖동생[22]은 어떤 전직 시골 의사의 딸을 부인으로 삼았는데, 그 의사 역시 어떤 우유 장사 아들의 젖동생이었고, 그 우유 장사 역시 또 다른 시골 의사의 사생아로서 연달아 세 번을 결혼했는데, 세 번째 부인은……

마틴 그 셋째 부인 저 알아요. 착각인지 모르지만. 덫에 걸린 닭 잡아먹은 여자죠?

소방대장 그 사람 아네요.

스미스 부인 쉿!

소방대장 에, 또…… 그 셋째 부인은 그 지방 최고 산파의 딸이었는데, 일찍 과부가 된 그 산파가……

스미스 저 사람도 그런데.[23]

---

21) 인명으로 보이지만 이것만으로는 누군지 알 수 없다. 물론 포도주 회사 이름으로 프랑스인에게는 익숙할 수도 있으나 우리 관객에게는 생소할 수 있다.

22) 유모가 낳은 아들이나 딸을 일컫는 말이다.

소방대장 그 산파가 재혼한 어떤 원기 왕성한 유리장이가 어떤 역장 딸하고 사이에서 얻은 아이는 자기 인생의 길을 찾아갈 줄 알아서……

스미스 부인 철길이겠죠.

마틴 기차놀이처럼.

소방대장 어떤 야채 장수하고 결혼했는데, 어떤 소도시 시장이었던 그 여자의 숙부가 결혼한 금발 여교사의 사촌은 낚시질 어부로……

마틴 밤낚시요?

소방대장 메리라는 또 다른 금발 여교사를 부인으로 맞았고, 그 여자 오빠 역시 금발 여교사인 또 다른 메리하고 결혼했는데……

스미스 금발이면 당연히 메리겠지.

소방대장 캐나다에서 그 여자의 부친을 키워준 어떤 할머니의 숙부는 목사였는데, 그 목사의 조모께서는, 겨울이면, 다들 그렇듯이, 때때로, 감기에 걸렸답니다.

스미스 부인 어머, 정말이오? 못 믿겠어요.

마틴 감기 환자는 리본을 달아야 돼요.

스미스 소용없는 조심이지만, 그래도 필요하죠.

마틴 부인 대장님, 죄송하지만, 전 제대로 못 들었어요. 마지막 '목사의 조모' 하는 데서부터 헤매는 바람에.

스미스 목사가 나오니 헤맬 수밖에.

스미스 부인 네, 대장님, 한 번 더 하세요. 다들 원하네요.

---

23) 자기 부인을 말하는데, 위치에 따라 '이 사람'이 될 수도 있다.

소방대장 글쎄요, 가능할지. 근무 중이라서. 지금 몇 신지 봐야 알겠는데요.

스미스 부인 집에 시계가 없어서.

소방대장 저 시곈요?

스미스 엉터리예요. 반항아처럼, 꼭 실제 시간의 정반대만 가리켜요.

9장

(같은 인물들과 메리)

메리 아저씨…… 아주머니……

스미스 부인 왜 그래?

스미스 무슨 일이야?

메리 아저씨, 아주머니께…… 또 손님들께도…… 죄송하지만…… 제가…… 이번엔 제가…… 얘길 하나 하고 싶어서요.

마틴 부인 뭐라는 거죠?

마틴 이 댁 하녀가 미쳤나 봐요…… 자기도 얘길 하고 싶대요.

소방대장 자기가 누군 줄 모르나? (메리를 쳐다본다.) 어!

스미스 부인 어딜 끼어들어?

스미스 분별력이 있어야지……

소방대장 이게 누구야? 이럴 수가!

스미스 아니, 왜요?

메리　이럴 수가! 어떻게 여기서?

스미스 부인　아니, 왜들 이러죠?

스미스　아는 사이예요?

소방대장　정말 어떻게!

메리는 소방대장의 목을 껴안는다.

메리　드디어 다시 만났군요.

스미스, 스미스 부인　아니!

스미스　너무들 하네. 우리 집인데. 또 런던 교외고.

스미스 부인　점잖치 못하게……

소방대장　제 맨 처음 화재를 꺼주신 분이거든요.

메리　전 이분의 소방 호스였어요.

마틴　그렇다면야…… 저런 감정도…… 이해가 되네요. 인간적이고, 고귀하고……

마틴 부인　인간적인 건 다 고귀하죠.

스미스 부인　그래도 이렇게 섞이는 건 싫어요…… 어떻게……

스미스　초등교육도 못 받은 여자하고……

소방대장　편견이 너무 심하신데요.

마틴 부인　제 생각엔요, 물론 저야 상관없는 일이지만, 하녀는 어쨌든 하녀예요……

마틴　아무리 가끔 훌륭한 탐정 노릇을 하더라도요.

소방대장　놔요.

메리　걱정 마세요…… 그렇게 못된 분들은 아녜요.

스미스 음…… 음…… 감동적이긴 하지만, 둘 사이요, 하지만…… 아무래도 좀……

마틴 말씀하세요.

스미스 좀, 약간 야하다고……

마틴 영국식 미풍양속이 있죠. 외국인들은, 아마 전문가들도 이해 못하겠지만, 감히 제 생각을 말씀드리자면, 그것 덕분에, 물론 이렇게 말한다고…… 꼭 두 분을 겨냥해서……

메리 전 그냥 얘기가 하고 싶어서……

스미스 얘기? 안 돼.

메리 돼요.

스미스 부인 자, 얌전히 부엌으로 가서, 네 시나 읽어. 거울 앞에서……

마틴 전 하녀는 아니지만 거울 앞에서 시를 읽습니다.

마틴 부인 오늘 아침 거울 보면서 당신 모습을 안 본 거군요.

마틴 거울 앞엘 안 갔으니까……

메리 그럼 짤막한 시나 한 수 읊을게요.

스미스 부인 너, 정말 고집 세구나.

메리 하나 읊을게요. 괜찮죠? 제목은 「불」이에요. 대장님을 환영하는 뜻에서요.

「불」

수풀 속 모든 게 타오르니

돌에도 불
성에도 불
숲에도 불
남자도 불
여자도 불
새들도 불
생선도 불
물에도 불
하늘도 불
재에도 불
연기도 불
불에도 불
온통 다 불
온통 다 불에도 불

메리는 스미스 부부한테 떠밀려 나가면서 시를 낭송한다.

10장

(메리를 제외하고 같은 인물들)

마틴 부인　등골이 써늘하네요……
마틴　그런대로 열기 같은 게 느껴지던데……
소방대장　훌륭한 시였어요.
스미스 부인　그래도 그렇지……

스미스　과장이 너무……

소방대장　아니, 정말이에요…… 물론 주관적인 거지만…… 그 시엔 제 세계관과, 제 꿈과, 제 이상과…… 아, 그 시가 저더러 떠나라는군요. 시계가 없으셔서 그런데, 정확하게 사분의 삼 시간 십육 분 후에 불이 날 거거든요. 서둘러야 됩니다. 그렇게 큰 건 아니지만.

스미스 부인　어떤 건데요? 작은 난롯불인가요?

소방대장　아뇨, 그 정돈. 그저 밀짚을 태우고, 배 속이 뜨끔한 정도요.

스미스　가신다니 섭섭합니다.

스미스 부인　정말 재미있었는데.

마틴 부인　잠깐이지만 덕분에 철학적이 돼봤고요.

소방대장　(문 쪽으로 향하다가 멈춰서) 그런데 대머리 여가수는?

전체적인 침묵, 답답함.

스미스 부인　늘 같은 머리 스타일이죠.

소방대장　아, 네. 그럼 안녕히들 계십시오.

마틴　행운을 빕니다. 불 많이 끄세요.

소방대장　네, 그래야죠. 모든 이들을 위해서.

소방대장 퇴장. 모두 문까지 그를 배웅한 뒤 자리로 돌아온다.

11장

(소방대장을 제외하고 같은 인물들)

마틴 부인　전 오빠한테 주머니칼을 사줄 수 있어요. 하지만 조부님께 아일랜드를 사드릴 수 있으세요?

스미스　인간은 이동은 발로 하지만, 몸은 전기나 석탄으로 덥혀요.

마틴　오늘 황소를 팔면, 내일은 달걀 주인이 되죠.

스미스 부인　인생을 살면서 창밖을 봐야 돼요.

마틴 부인　아무것도 없는 의자에도 앉을 수 있어요.

스미스　늘 모든 경우를 생각해야죠.

마틴　천장은 위에 있고, 마루는 밑에 있어요.

스미스 부인　제가 '네' 하면, 그게 제 화법이에요.

마틴　각자 운명이 있듯이.

스미스　순환논법도 원의 일종이죠. 잘못된 원.[24)]

스미스 부인　학교 선생님은 애들한테 읽기를 가르치지만, 고양이는 어린 새끼들한테 젖을 먹여요.

마틴 부인　하지만 암소는 우리한테 꼬리를 주죠.

스미스　시골에 가면 혼자 조용히 있는 게 좋아요.

마틴　아직 그럴 연세는 아니신데.

---

24) 원문을 직역하면 "원을 취해서 어루만지세요. 그럼 그것이 나빠집니다."인데, 이는 불어로 '원(cercle)'과 '나쁜(vicieux)'이 결합하면 '순환논법(cercle vicieux)'이 되기 때문에 가능한 말장난이다. 참고로 "아이를 귀여워하며 쓰다듬으면 아이 버릇을 버린다."는 문장과 비교하기 바란다.

스미스 부인 벤자민 프랭클린이 옳았어요. 당신이 더 흥분 체질이니까.

마틴 부인 일주일이 어떻게 되죠?

스미스 월, 화, 수, 목, 금, 토, 일.[25)]

마틴 에드워드는 사무원이고, 그 여동생 낸시는 타자수고, 남동생 윌리엄은 점원이에요.

스미스 부인 웃기는 집안이군.

마틴 부인 전 손수레에 실린 양말보다는 들판에 있는 새가 더 좋아요.

스미스 궁전의 우유보단 오두막에서 먹는 고기가 낫죠.

마틴 영국인들 집은 정말 궁전이에요.

스미스 부인 전 스페인어를 잘 몰라서 남들이 못 알아들어요.

마틴 부인 바깥양반 관(棺)을 주시면, 우리 시어머니 실내화를 드릴게요.

스미스 전 단성론파[26)] 목사를 찾아요. 하녀하고 결혼시키려고요.

마틴 빵은 막대기, 빵도 역시 막대기, 매일 동틀 무렵 떡갈나무에서 솟아나는 떡갈나무.

스미스 부인 우리 아저씬 시골에 사시지만, 산파하곤 상관

25) 원문에는 요일 이름을 영어로 나열하고 있다.

26) 원문으로는 'monophysite'인데, 그리스도 단성론자라는 의미이다. 그리스도 단성론이란 그리스도가 인성과 신성의 완전한 일체로서 복합된 단일성을 갖는다는 이론이다. 우리 관객에게는 생소한 용어이므로 공연 시 어떻게 할지 신중히 결정해야 한다.

이 없어요.

마틴 종이는 글씨를 쓰려고, 고양이는 쥐를 없애려고, 치즈는 뜯어먹으려고 있는 거예요.

스미스 부인 차는 대단히 빠르죠. 하지만 식탁은 하녀가 더 잘 차려요.

스미스 바보처럼 굴지 말고, 차라리 배반자하고 키스를 해요.

마틴 사랑은 가정서 시작돼요.

스미스 부인 전 뭐든 제 식으로 해석할 거예요.[27)]

마틴 사회 발전 속도가 설탕으로 향상된다는 거 입증할 수 있어요.

스미스 왁스칠 그만 해요.

스미스의 말이 끝나자 다른 사람들은 놀란 듯 잠시 침묵을 지킨다. 모종의 신경질이 감지된다. 시계 치는 소리도 더 신경질적이다. 이후의 대화는 처음부터 차갑고 적의에 찬 어조로 시작하여, 적개심과 신경질이 고조된다. 마지막 장면에서는 네 인물 모두 선 채로 서로 접근해서 곧 덤벼들듯 대사를 외쳐대고 주먹을 휘두른다.

---

27) 원문을 직역하면 "전 우리 방앗간으로 수도가 찾아오길 기다려요." 정도가 되는데, "우리 방앗간으로 물을 끌기(faire venir l' eau au moulin)"가 우리말로 '아전인수(我田引水)'와 비슷한 표현이므로, "전 우리 논으로 개울물이 찾아오길 기다린다."로 하면 될 듯하지만, 실제로 표현하여 전달하기에는 어려움이 있다고 판단하여 의역하였다.

마틴　까만 왁스로 안경은 못 닦아요.

스미스 부인　네, 하지만 돈만 있으면 뭐든 다 사요.

마틴　난 정원에서 노래하기보다 토끼 죽이는 게 좋아요.

스미스　깡총, 깡총, 깡총, 깡총, 깡총, 깡총, 깡총, 깡총, 깡총, 깡총.

스미스 부인　웬 깡통, 웬 깡통, 웬 깡통, 웬 깡통, 웬 깡통, 웬 깡통, 웬 깡통, 웬 깡통, 웬 깡통.

마틴　깡통 아니고 깡총, 깡통 아니고 깡총, 깡통 아니고 깡총, 깡통 아니고 깡총, 깡통 아니고 깡총, 깡통 아니고 깡총, 깡통 아니고 깡총, 깡통 아니고 깡총.

스미스　개한텐 벼룩이 있어요. 개한텐 벼룩이 있어요.

마틴 부인　깡총, 깡충, 껑충, 껑청, 껑껑.

스미스 부인　깡통 장수, 우릴 깡통 속에 넣으려고?

마틴　황소를 훔치느니 달걀을 낳겠소.

마틴 부인　(입을 크게 벌리고) 아! 아! 아! 아! 이 좀 갈게 놔둬요.

스미스　앗, 악어다.

마틴　율리시스 뺨치러 가자.

스미스　난 옥수수밭 오두막에 살겠소.

마틴　옥수수밭 옥수수엔 오이가 아니라 옥수수가 열려요. 옥수수밭 옥수수엔 오이가 아니라 옥수수가 열려요. 옥수수밭 옥수수엔 오이가 아니라 옥수수가 열려요.

스미스 부인　기린은 귀가 있는데, 귀는 기린이 없지.

마틴 부인　내 팔 건들지 마.

마틴　팔 좀 흔들지 마.

스미스　팔 좀 놔둬. 파리 좀 날리지 마.

마틴 부인　파리 날잖아.

스미스 부인　파리똥 떨어져.

마틴　파리채 잡아. 파리채 잡아.

스미스　파리 특공대. 파리 특공대.

마틴 부인　우주 특공대.

스미스 부인　우주 정거장.

마틴　정거장에 내려.

스미스　물 위의 정거장.

마틴 부인　얼음 위의 정거장.

스미스 부인　조심해. 깨져.

마틴　쉴리.

스미스　프뤼돔.[28]

마틴 부인, 스미스　프랑스와.

스미스 부인, 마틴　코페.[29]

---

28) 쉴리 프뤼돔(Sully Prudhomme, 1839~1907) : 프랑스의 시인. 낭만주의의 과도함에 반대하고 시의 우아함과 균형, 미학적 기준을 회복하고자 했던 고답파 운동을 이끌었다. 1881년에 아카데미 프랑세즈 회원이 되었고, 1901년 제1회 노벨 문학상을 받았다.

29) 프랑수아 코페(Francois Coppée, 1842~1898) : 프랑스의 시인. 그의 작품은 대중적인 인기를 얻는 동시에 프랑스 시의 본보기라고 할 만큼 작품성을 인정받아 교과서에 실리기도 했다. 프랑스뿐만 아니라 세계 각국, 특히 일본이나 우리나라에서도 많은 사랑을 받았으며, 1883년에 아카데미 프랑세즈 회원이 되었다. 드레퓌스 사건 때는 프랑스 조국 연맹이라는 극우 단체에 가담하여 반(反)드레퓌스 파를 지지하기도 했다.

마틴 부인, 스미스　코페 쉴리.

스미스 부인, 마틴　프뤼돔 프랑스와.[30]

마틴 부인　꿀꿀이 족속들. 꿀꿀이 족속들.

마틴　뿡뿡이, 뿡뿡이.

스미스 부인　크리쉬나무르티, 크리쉬나무르티, 크리쉬나무르티.

스미스　교황이 교란됐다. 교황엔 교각이 없다. 교각엔 교황이 있다.

마틴 부인　바자, 발작, 바젠.

마틴　비자르, 보자르, 베제르.[31]

스미스　아, 세, 이, 오, 우, 아, 세, 이, 오, 우, 아, 세, 이, 오, 우.

마틴 부인　비, 시, 디, 휘, 기, 리, 미, 니, 피, 히, 시, 티, 뷔, 지, 쥐.

마틴　물 탄 술, 술 탄 물.

스미스 부인　(기차를 흉내 내며) 칙칙, 폭폭, 칙칙, 폭폭, 칙칙, 폭폭, 칙칙, 폭폭, 칙칙, 폭폭.

스미스　그.

마틴 부인　쪽.

마틴　아.

---

30) 이상의 두 대사는 앞의 두 시인의 이름과 성을 바꾸어 조합한 것이다.

31) 이상의 두 대사는 원문으로 'Bazar(시장, 할인점), Balzac(프랑스의 대작가), Bazaine(여러 문인, 화가의 이름), Bizarre(묘한, 이상한, 야릇한), beaux-arts(미술), baisers(입맞춤, 키스)'인데, 번역해서는 그 연결성이 드러나지 않으므로 소리 나는 대로 옮겼다.

스미스 부인　냐.

스미스　이.

마틴 부인　쪽.

마틴　이.

스미스 부인　야.

모두들 엄청나게 화를 내면서 서로의 귀에다 고함을 지른다. 조명이 꺼진다. 어둠 속에서 점점 빠른 리듬으로 대사가 들린다.

전원　그쪽 아냐, 이쪽이야, 그쪽 아냐, 이쪽이야, 그쪽 아냐, 이쪽이야, 그쪽 아냐, 이쪽이야, 그쪽 아냐, 이쪽이야, 그쪽 아냐, 이쪽이야![32]

갑자기 대사가 중단된다. 다시 조명이 들어오면 마틴 부부가 첫 장면의 스미스 부부처럼 앉아 있다. 연극이 다시 시작된다. 마틴 부부가 최초 스미스 부부의 대사를 그대로 되뇌는 가운데 서서히 막이 내린다.

막

---

32) 공연에서는 이 마지막 장면의 몇몇 대사가 삭제되거나 서로 교체되었다. 또 마지막의 재시작 장면도, 100회 공연 후 마틴 부부를 스미스 부부로 바꾸는 데 대해 작가가 별다른 생각을 내세우지 않았으므로, 스미스 부부가 맡도록 하였다.(원주)

수업

희극적 드라마(DRAME COMIQUE)

등장인물

교수 50~60세

여학생 18세

하녀 45~50세

「수업」은 1951년 2월 20일 포쉬 극장(Théâtre de Poche)에서 초연되었다. 연출 및 교수 역은 마르셀 퀴블리에(Marcel Cuvelier)가 맡았고, 여학생 역은 로제트 쥐셸리(Rosette Zuchelli), 하녀 역은 클로드 망사르(Claude Mansard)가 맡았다.

무대 장치

노교수의 식당 겸 서재.

무대 왼쪽에 건물 계단으로 통하는 문.[1)]

뒷무대 오른쪽에 집 안[2)] 복도로 나가는 또 다른 문.

뒷무대 중앙에서 약간 왼쪽으로 그리 크지 않은 창문에 단순한 커튼. 창문 바깥쪽 난간에 평범한 화분 몇 개.

먼 경치로 붉은 지붕의 나지막한 집들. 작은 마을이다. 잿빛 푸른 하늘.

오른쪽에 시골풍 찬장. 무대 중앙에 책상 겸용 식탁과 의자 세 개. 창문 양쪽에 의자 두 개. 밝은 벽지. 책이 꽂힌 서너 단짜리 책꽂이.

1) 왼쪽과 오른쪽은 무대에서 객석을 향한 상태에서다.

2) 원문에는 '아파트'인데, '아파트 복도'로 번역할 경우 공동 복도식 아파트 구조로 오해할 위험이 있어 '집 안'으로 번역했다.

막이 오르면 무대는 비어 있다. 꽤 오랫동안 그대로 있다. 문에서 초인종 소리가 들린다.

하녀의 목소리 (무대 밖에서) 네, 나가요.

이어 하녀가 등장한다. 계단을 뛰어 내려온 듯하다. 얼굴이 붉고 뚱뚱한 45~50세가량의 여자로 시골풍의 부인 모자를 쓰고 있다.

하녀 (오른쪽에서 서둘러 들어오며 문을 쾅 닫고, 앞치마에 손을 닦으며 왼쪽 문을 향해 달려간다. 그사이 초인종이 한 번 더 울린다.) 나간대도. 기다려요. (문을 열자 18세의 여학생이 나타난다. 작고 하얀 칼라가 달린

회색 앞치마형 옷을 입고 팔에는 가방을 끼고 있다.)
안녕하세요?

학생 안녕하세요? 선생님 계신가요?

하녀 수업 때문에?

학생 네.

하녀 말씀 들었어요. 잠깐 앉아요. 오시라 그럴게.

학생 고맙습니다.

학생은 책상 가까이 관객을 마주 보고 앉는다. 즉 왼쪽에 현관문이 있고, 하녀가 외치며 서둘러 나가는 다른 문은 등지는 형태이다.

하녀 선생님, 내려오세요. 학생 왔어요.

교수의 목소리 (가냘픈 목소리로) 네, 갈게요…… 잠시만요…….

하녀가 나가자, 학생은 다리를 끌어 모은 뒤 가방을 무릎에 올려놓고 얌전하게 기다린다. 이윽고 방 안의 가구와 천장 등을 한두 번 둘러본다. 그리고 가방에서 공책 한 권을 꺼내 뒤적이다 어떤 페이지에서 한참 멈춘다. 마치 복습을 하거나 숙제를 마지막으로 한 번 더 점검하는 듯하다. 학생은 얌전하고 예의 바르지만, 활기 차고 명랑하며 힘이 넘쳐 보이고, 입술에는 신선한 미소가 감돈다. 그러나 극이 진행되면서 동작이나 태도의 활기 찬 리듬을 점차 잃고 물러서게 되며, 명랑하고 미소 짓던 표정도 차츰 슬프고 침울해진다. 즉 처음에는 활기가 넘치던 학생이 점점 피로하고 무력해져서, 극이 끝날 때쯤에는 얼굴에 신경쇠약 증세가 역력하다. 말투 역시 그것을 드러내는데, 혀가 잘 안 돌아가고, 단어가 잘 생각나지 않으며, 입으로 말하기도 힘들어서, 중풍이나 초기 실어증 환자처럼 보인다. 처음에는 적극적이고 공격적이기까지 하던 학생이 차츰 소극적이 되더니, 급기야는 무력하고 생기 없는 한낱 사물로서, 마지막 행동을 당하는 순간에도 교수의 손아귀 안에서 아무 반응을 못 보인다. 감각도 반사작용도 없이, 굳어버린 얼굴에서, 오직 눈길만이 이루 말할 수 없는 놀라움과 공포를 드러내는 것이다. 한편 그러한 태도의 변화가 감지되지 않도록 극이 진행되어야 하는 것은 물론이다.

교수가 들어온다. 하얀 턱수염의 자그마한 노인이다. 코안경에 까만 빵모자. 학교 선생들의 긴 검정 겉옷. 검은 구두와 바지. 분리형 흰 칼라. 검은 넥타이. 지나치게 정중하며, 너무 소심한 나머지 목소리가 약하지만, 매우 정확하며 교수답다. 또 시종 두 손을 비비는데, 때때로 음탕한 눈빛이 나타났다 금방 사라진다.

극의 진행에 따라 소심함은 차츰 사라지고, 음탕한 눈빛은 마침내 꺼질 줄 모르는 격렬한 불꽃으로 변한다. 처음에는 전혀 위험성이 없어 보이는 태도이지만, 점점 자신을 찾아, 신경질적이고 공격적이고 위압적으로 변해서, 종국에는 자기 손아귀 안에서 한낱 가련한 사물이 되어버린 여학생을 마음대로 농락까지 하게 된다. 가냘프고 빈약하던 목소리 역시 당연히 점점 강해져서, 마지막엔 엄청난 힘으로 폭발하듯 날카롭게 울려 퍼진다. 반면에 학생의 목소리는 처음에는 대단히 명확하고 낭랑하지만, 나중에는 거의 들리지도 않게 된다. 아마 처음 얼마 동안 교수는 약간 말을 더듬을 것이다.

교수 안녕하세요? ……새로, 오신, 학생, 맞죠?

학생 (힘차게 돌아본 뒤, 상류 사회 처녀답게 거침없는 태도로 일어나 교수에게 다가가 손을 내민다.) 네, 선생님. 안녕하세요? 시간에 딱 맞춰서 왔어요. 늦기 싫어서요.

교수 네, 감사합니다. 그래도 서두르진 마시죠. 괜히 기다리게 해서 뭐라 사과를 드려야 할지…… 방금…… 끝낸 참이라…… 죄송합니다…… 용서하세요……

학생 용서라니요. 별말씀을.

교수 죄송합니다…… 집 찾느라고 힘드셨죠?

학생 아뇨…… 전혀요. 물어봤더니 다들 알던데요.

교수 여기 산 지 30년이니까요. 여긴 처음이시죠? 어때요?

학생 맘에 들어요. 예쁘고 쾌적한 도시예요. 아담한 공원, 기숙학교, 주교님, 예쁜 상점들, 크고 작은 길들……

교수 그렇습니다. 하지만 다른 데서도 한번 살아보고 싶어요. 파리나, 아니면 보르도라도.

학생 보르도가 좋으세요?

교수 글쎄요. 안 가봐서.

학생 그럼 파리는 가보셨어요?

교수 아니오. 그런데, 괜찮으시면 대답을 좀, 파리는 어디의…… 수도죠?

학생 (잠시 생각하다 이윽고 알아낸 것을 기뻐하며) 파리는…… 프랑스의 수도죠?

교수 맞아요. 잘했어요. 완벽합니다. 축하합니다. 우리 나라[3] 지리는 훤하군요. 도청 소재지도……

학생 아뇨, 아직 다는 몰라요. 그렇게 간단치가 않아서, 외우기가 힘들어요.

교수 아니, 돼요…… 힘을 내요…… 자…… 죄송하지만…… 인내심을 갖고…… 천천히, 천천히…… 금방 돼요…… 오늘 날씨 좋지요…… 그렇게 좋진 않지만…… 그래도 좋은 셈이죠. 악천후는 아니니까. 그러니까…… 음…… 음…… 비도 안 오고, 눈도 안 오니까요.

학생 눈이 오면 큰일이죠. 여름인데.

교수 죄송합니다. 막 그 얘기를 하려던 참이었는데…… 하지만 세상일은 모르는 겁니다.

학생 그럼요.

교수 세상에 확실한 건 하나도 없단 말씀입니다.

학생 눈은 겨울에 내립니다. 겨울은 사계절 중 하납니다. 나머지 세 계절은…… 음…… 봄……

교수 그리고?

학생 봄, 그리고 여름…… 음……

---

3) 물론 이미 '보르도', '파리' 등의 고유명사가 나오기는 했지만, 특히 '우리 나라'의 경우 관객들에게 약간이나마 혼란을 줄 수 있으므로 '프랑스'로 하든가, 아니면 아예 삭제하여 중성화하는 것도 고려해야 한다.

교수 '가'로 시작하는데.

학생 아, 가을이오……

교수 그래요. 맞았어요. 잘했어요. 좋은 학생이 될 게 확실합니다. 큰 발전이 있을 거예요. 똑똑하고, 아는 것도 많고, 기억력도 좋으니까.

학생 제가 사계절을 다 맞힌 거죠, 선생님?

교수 그럼요…… 거의요. 하지만 금방 돼요. 이미 상당하니까. 아마 사계절쯤은 눈 감고도 알게 될걸요. 저처럼요.

학생 설마요.

교수 아뇨. 조금만 노력하면, 의지만 있으면 돼요. 두고 보세요. 곧 될 테니 안심하세요.

학생 정말 그랬으면 좋겠어요. 전 지식을 갈망해요. 부모님도 제 지식이 깊어지길 원하시죠. 전문가가 되길요. 얄팍한 일반 지식은, 아무리 탄탄해도, 이 시대엔 안 통한대요.

교수 부모님 생각이 백번 옳죠. 공부를 밀고 나가세요. 죄송합니다만, 필요합니다. 현대는 삶이 아주 복잡해졌거든요.

학생 정말 복잡해졌죠…… 전 운이 좋은 편이에요. 부모님이 꽤 부자거든요. 제 공부 뒷바라진 문제없어요. 아주 높은 정도까지도요.

교수 그럼 어떤 과정을……

학생 가능한 한 빨리 박사 시험을 보고 싶어요. 삼 주 후에요.

교수 이런 질문 괜찮을지 모르겠지만, 대입 자격시험은 통과하셨죠?

학생 네, 이과 문과 다 했어요.

교수 야, 대단히 빠르군요. 나이에 비해 너무 빠릅니다. 그래 무슨 박사를 하시려고요? 자연과학이오, 인문과학이오?

학생 너무 짧은 기간이라 가능하다고 생각하실지 모르겠지만, 부모님은 제가 종합 박사가 되길 원하세요.

교수 종합 박사요? ……정말 용기가 대단하십니다. 진심으로 축하드립니다. 우리 한번 최선을 다해 보죠. 사실 벌써 꽤 유식하니까, 그 나이에.

학생 아이, 선생님도.

교수 괜찮으시면, 죄송하지만, 공부를 시작해 볼까요? 시간이 없으니까요.

학생 그럼요. 저도 그랬으면 좋겠어요. 얼른이오.

교수 그럼 앉으실까요? ……거기…… 그리고 크게 거북하지 않으시면, 제가 마주 앉아도 될까요?

학생 그럼요. 얼른이오.

교수 감사합니다. (둘은 객석을 옆으로 한 채 식탁에 마주 앉는다.) 자, 책하고 공책은 있죠?

학생 (가방에서 책과 공책을 꺼내며) 그럼요, 선생님. 다 챙겨 왔어요.

교수 네, 좋습니다. 자, 그럼, 괜찮으시면…… 시작해도 될까요?

학생 그럼요. 선생님 맘이죠.

교수　제 맘이오? ……(눈빛이 번득하다 이내 사라진다. 어떤 몸짓을 하려다 그것도 자제한다.) 아뇨, 아뇨. 정반대죠. 저야 봉사자에 불과한걸요.

학생　무슨……

교수　자, 괜찮으시면…… 그럼…… 우리…… 아니…… 제가…… 우선 과거와 현재 지식에 대해 간단한 테스트를 해서, 그래야 미래 방향이 나오니까…… 자, 수학에서 복수란 게 뭐죠?

학생　너무 모호하고…… 막연해서.

교수　네, 그것부터 하죠.

교수는 두 손을 비빈다. 하녀가 들어온다. 그것이 교수의 신경을 건드린 듯하다. 하녀는 찬장으로 가서 뭔가를 찾느라 지체한다.

교수　자, 그럼, 산수를 좀 해볼까요? 괜찮으시면요……

학생　괜찮고말고요. 얼른 하세요.

교수　이건 아주 새로운, 현대적 학문입니다. 엄밀히 말해 학문보다는 방법론이라는 게…… 치료학이기도 하고요. (하녀에게) 멀었어요?

하녀　네, 접시 좀 찾느라고. 금방……

교수　빨리 갖고 부엌으로 가요.

하녀　네, 갑니다.

하녀는 나가는 척한다.

하녀 죄송하지만, 조심하세요, 선생님. 흥분하지 마시라고요.

교수 별소리 다 듣겠군. 걱정 말아요.

하녀 말씀이야 늘……

교수 쓸데없는 소리 말아요. 알아서 하니까. 다 늙은 사람한테 무슨……

하녀 글쎄, 그러니까요. 선생님, 산수부터 하지 마세요. 금방 지치고 흥분하세요.

교수 그럴 나이는 지났어요. 그리고 웬 참견이죠? 내 일 내가 알아서 하는데. 제자리로 돌아가요.

하녀 그러죠. 나중에 이런 충고 못 들었단 말씀은 마세요.

교수 충고 같은 거 필요 없어요.

하녀 알겠습니다.

하녀는 나간다.

교수 죄송합니다. 엉뚱한 방해 때문에. 용서하세요[4]…… 제가 피곤할까 봐 저러는 거니까. 제 건강을 염려해서요.

학생 괜찮아요. 선생님께 잘한다는 증거죠. 선생님을 좋아하나 봐요. 좋은 하인 참 드문데.

교수 너무 과해요. 바보 같은 걱정만 하고. 자, 다시 산수로 떠나 볼까요?

---

4) 원문에는 "저 여자를 용서하세요."로 되어 있다.

학생　네, 선생님.

교수　(재치 있게) 앉은 채로.[5)]

학생　(교수의 재치를 알아채고) 선생님처럼.

교수　네. 계산을 좀 해볼까요?

학생　네, 좋아요.

교수　자, 크게 불편하지 않으시면……

학생　불편은요. 자, 얼른이요.

교수　일 더하기 일은?

학생　일 더하기 일은 이죠.

교수　(학생의 지식에 놀라서) 허, 맞습니다. 학문의 깊이가 대단하시군요. 종합 박사는 문제없겠어요.

학생　어머, 고마워요. 선생님께서 그러시니 더욱이요.

교수　좀 더 나가볼까요? 이 더하기 일은?

학생　삼이오.

교수　삼 더하기 일은?

학생　사요.

교수　사 더하기 일은?

학생　오요.

교수　오 더하기 일은?

학생　육이오.

교수　육 더하기 일은?

학생　칠이오.

---

5) "산수로 떠나 볼까요?"라고 하고 이어 "앉은 채로 떠나자."고 재치를 부리는 상황이다.

교수 칠 더하기 일은?

학생 팔이오.

교수 칠 더하기 일은?

학생 팔…… 대시 이요.[6]

교수 잘 대답했어요. 칠 더하기 일은?

학생 팔 대시 삼이오.

교수 완벽해요. 훌륭합니다. 칠 더하기 일은?

학생 팔 대시 사요. 어떤 때는 구고요.

교수 훌륭해요. 훌륭합니다. 최고예요. 진심으로 축하합니다. 그만 해도 되겠어요. 덧셈은 통달했으니까, 이제 뺄셈을 해보죠. 자, 아직 안 지쳤으면 한번 대답해 보실까요? 사 빼기 삼은 뭐죠?

학생 사 빼기 삼? ……사 빼기 삼이오?

교수 네. 사에서 삼을 빼보라고요.

학생 음…… 칠인가요?

교수 정말 죄송합니다만, 사 빼기 삼은 칠이 아닙니다. 혼동하셨어요. 사 더하기 삼이 칠이죠. 사 빼기 삼은 칠이 아니에요…… 이제 더하시면 안 돼요. 빼셔야죠.

학생 (이해하려고 애쓰며) 아…… 네……

교수 사 빼기 삼은…… 몇이죠? ……몇이에요?

학생 사요?

---

6) 이하 학생의 세 대사는 '팔' 뒤에 각기 'bis', 'ter', 'quater'가 붙어 있는데 번지나 조항 따위라면 '팔의 이', '팔의 삼', '팔의 사'로 옮길 수 있을 것이나, 여기서는 외래어 '대시(dash)'를 이용하였다.

교수 아뇨. 아닙니다.

학생 그럼 삼이오.

교수 아닙니다…… 죄송하지만…… 아니에요…… 죄송합니다.

학생 사 빼기 삼…… 사 빼기 삼…… 사 빼기 삼이오? ……십은 아니겠죠?

교수 물론 아니죠. 두드려 맞추지 말고 생각을 하세요. 같이 해볼까요? 숫자 좀 세보세요.

학생 네, 선생님. 일…… 이…… 음……

교수 숫자 셀 줄 알아요? 몇까지 셀 수 있죠?

학생 몇까지요? ……무한정이죠.

교수 아니, 그건 불가능합니다.

학생 좋아요, 그럼 십육이오.

교수 됐어요. 그렇게 한계를 정할 줄 아셔야죠. 자, 그럼 세어보실까요. 자.

학생 일…… 이…… 이 다음엔 삼이고…… 사……

교수 됐습니다. 그럼 삼하고 사하고 어느 쪽이 더 크죠?

학생 음…… 삼하고 사하고, 어느 쪽이 더 크냐고요? 더 큰 거 말이죠? 어떤 의미에서 더 크단 말씀이죠?

교수 수에는 큰 수와 작은 수가 있습니다. 큰 수는 단위가 더 많은데……

학생 작은 수보다요?

교수 작은 수의 단위가 더 작지 않은 한 말입니다. 만약 단위가 아주 작다면 작은 수가 큰 수보다 더 많은 단위를 가질 수도…… 물론 단위가 서로 다르다는 전제하에……

학생 그럴 땐 작은 수가 큰 수보다 더 크단 말씀인가요?

교수 일단 넘어가죠. 얘기가 너무 멀어지니까. 단지 수 말고도, 크기나 합계도 있고, 또 자두, 객차, 거위, 과일 씨 같은 것들의 무리나 무더기도 있다는 건 알아두십시오. 하지만 편의상 우선 단위가 같은 수만을 가정하자고요. 그 동일한 단위를 가장 많이 가진 수가 가장 큰 수라고요.

학생 가장 많이 가진 수가 가장 큰 수라? 아, 알겠어요. 결국 양하고 질은 같다는 말씀이군요.

교수 그건 너무 이론적입니다. 네, 너무 이론적이에요. 그런 건 신경 쓰지 마세요. 이 특정한 예만 문제 삼고 이 한정된 경우만 따지는 겁니다. 종합적인 결론은 추후로 미루고, 지금은 삼과 사라는 단위가 같은 두 수가 있습니다. 어떤 수가 클까요? 어떤 게 더 크고 어떤 게 더 작습니까?

학생 죄송합니다만, 선생님…… 더 크다는 건 어떤 의미지요? 다른 한쪽보다 덜 작다는 뜻인가요?

교수 그래요. 맞습니다. 잘 이해했군요.

학생 그럼 사요.

교수 사가 어떻다는 거죠? 삼보다 큽니까, 작습니까?

학생 더 작아…… 아니, 더 커요.

교수 잘했어요. 그럼 삼하고 사 사이엔 단위가 몇 개 있죠? ……뭐, 사하고 삼 사이라도 좋고요.

학생 삼하고 사 사이엔 단위가 없죠. 삼 바로 다음에 사가 오니까 그 사이엔 아무것도 없어요.

교수 이해를 못하셨군요. 제 탓입니다. 설명이 불분명했어요.

학생 아뇨, 제 잘못이에요.

교수 자, 여기 성냥이 세 개 있습니다. 그리고 또 한 개, 그럼 네 개죠. 잘 보세요. 이 네 개에서 하나를 뺍니다. 그럼 몇 개가 남았죠?

실제로 성냥은 없다. 거론되는 다른 물건들도 마찬가지다. 교수는 일어나 가상의 칠판에 가상의 분필로 쓰기도 할 것이다.

학생 다섯 개요. 삼 더하기 일은 사고, 사 더하기 일은 오니까요.

교수 아니에요. 아닙니다. 자꾸 덧셈만 하려 드는데, 뺄셈도 해야 돼요. 통합만 하지 말고 분해도 해야죠. 그게 인생이에요. 그게 철학이고, 과학이고, 진보고, 문명이라고요.

학생 네, 선생님.

교수 자, 다시 성냥으로 돌아가서, 여기 성냥이 네 갠데, 보세요, 네 갭니다. 여기서 하나를 뺍니다. 그럼 남은 건……

학생 모르겠어요.

교수 자, 잘 생각해 보세요. 물론 쉽지 않다는 건 압니다. 하지만 충분히 훈련을 받으셨어요. 필요한 지적 노력을 경주해서 이해에 도달하실 만큼요.

학생 안 되네요. 모르겠어요, 선생님.

교수 예를 좀 더 단순화시켜 보죠. 만약 코가 두 개신데, 제가 하나를 떼어낸다면…… 코가 몇 개죠?

학생 없죠.

교수 없다고요?

학생 그럼요. 선생님께선 제 코를 하나도 안 떼어내셨어요. 그런데 지금 하나 있잖아요. 그러니까 하나를 떼어내면 하나도 안 남죠.

교수 제 예를 이해 못하셨군요. 자, 그럼 귀가 하나라고 해보죠.

학생 네, 그리고요?

교수 제가 귀를 하나 드리면, 귀가 몇이죠?

학생 둘이오.

교수 됐어요. 거기에 또 하나를 드리면, 귀가 몇 개죠?

학생 세 개요.

교수 거기서 하나를 떼어내면…… 몇 개가…… 남죠?

학생 두 개요.

교수 좋아요. 거기서 또 하나를 떼어내면, 몇 개가 남죠?

학생 두 개요.

교수 아뇨. 지금 두 갠데, 제가 하나를 떼어내면, 하나를 먹어버리면, 몇 개가 남느냐고요.

학생 둘이오.

교수 하나를 먹으면요…… 하나를.

학생 둘이오.

교수 하나죠.

학생　둘이오.

교수　하나!

학생　둘!

교수　하나!!!

학생　둘!!!

교수　하나!!!

학생　둘!!!

교수　하나!!!

학생　둘!!!

교수　아녜요, 아냐. 틀렸어요. 아무래도 예가…… 안 좋았나 봐요. 자, 잘 들으세요.

학생　네, 선생님.

교수　예를 들어…… 음…… 음……

학생　손가락이 열 개……

교수　네, 좋아요. 손가락이 열 개 있습니다.

학생　네.

교수　그중 다섯 개만 취한다면, 그럼 손가락이 몇 개죠?

학생　열 개요.

교수　아니죠.

학생　맞죠.

교수　글쎄, 아녜요.

학생　금방 열 개라고 하셨잖아요.

교수　그리고 금방 또 말했죠. 그중 다섯 개만 취한다고.

학생　전 손가락이 열 개예요, 다섯 개가 아니라.

교수　방법을 좀 바꿔보죠…… 수를 일에서 오까지로 한정

짓고 뺄셈을 해보죠…… 자, 잘 보세요. 금방 알게 될 겁니다. (교수는 가상의 칠판에 쓰기 시작한다. 칠판을 학생 쪽으로 끌어온다. 학생은 그것을 보려고 몸을 돌린다.) 잘 보세요…… (교수는 가상의 칠판에 막대기 하나를 그린 뒤 그 밑에 1이라고 쓴다. 이어 막대기 두 개를 그린 뒤 그 밑에 2, 세 개를 그린 뒤 3, 네 개를 그린 뒤 4라고 쓴다.) 보세요……

학생 네.

교수 이건 막대깁니다. 막대기요. 이건 막대기 하나, 이건 막대기 둘, 또 셋, 넷, 다섯. 막대기 하나, 막대기 둘, 막대기 셋, 넷, 다섯. 이건 수예요. 막대기를 셀 때 각각의 막대기는 단위고요…… 지금 제가 뭐라고 했죠?

학생 "단위고요. 지금 제가 뭐라고 했죠?"

교수 숫자 또는 수효라고도 하는, 일, 이, 삼, 사, 오. 이게 계산법의 기본 요소입니다.

학생 (주저하며) 네, 요소, 숫자, 그게 막대기고, 단위고, 수효고……

교수 한꺼번에요…… 결국, 요컨대, 모든 산술이 거기 있다 이겁니다.

학생 네, 알겠어요. 감사합니다, 선생님.

교수 자, 그럼, 수를 세어보세요. 그 요소들을 이용해서…… 더하고 빼고……

학생 (머리에 새겨 넣으려는 듯) 막대기가 곧 숫자고, 수효고, 단위란 말씀이죠?

교수 음…… 뭐, 그럴 수도. 그런데요?

학생 세 개의 단위에서 두 개의 단위는 뺄 수 있습니다. 하지만 세 개의 삼에서 두 개의 이를 뺄 수 있을까요? 또 네 개의 수효에서 두 개의 숫자, 하나의 단위에서 세 개의 수효는요?

교수 그게 아녜요.

학생 왜요?

교수 그건 말예요……

학생 왜냐니까요? 다 같은 거라면서요.

교수 글쎄, 그건요. 설명으론 안 됩니다. 내면의 수학적 추리력으로만 이해되는데, 그게 있는 사람도 있고 없는 사람도 있죠.

학생 내 참!

교수 저기요. 이런 원리를, 이런 산술의 기본을 확실히 이해 못하면, 이공대학 학생 노릇도 어렵습니다. 그러니 이공대학에서 강좌를 맡는 건 말도 안 되고…… 고등 유치원에서도 안 되죠. 물론 쉽지 않은 건 압니다. 대단히, 대단히 추상적이고…… 그럼요…… 하지만 이런 기본 요소를 이해 못해서야 암산을 어찌 합니까? 일반 기술자들한테도 암산은 기본인데. 예를 들어 37억 5599만 8251 곱하기 51억 6230만 3508이 몇인가 하는……

학생 (재빨리) 1939경 2조 8442억 1916만 4508입니다.

교수 (놀라서) 아니, 틀렸어요. 1939경 2조 8442억 1916만 4509예요.

학생 아뇨…… 508이에요.

교수 (점점 더 놀라며, 암산한다.) 그래요…… 그렇군요…… 맞았어요…… (알아듣기 어려울 정도로 빨리 말한다.) 경…… 조…… 억……[7] (명확하게) 1916만 4508…… (아연해서) 아니, 그걸 어떻게 알죠? 산술적 추론의 기본도 모르면서?

학생 간단하죠, 뭐. 전 논리는 믿을 수 없어서 모든 곱셈의 답을 외어버렸어요.

교수 대단하군요…… 하지만 솔직히 전 인정 못합니다. 축하도 못 드리고요. 수학은, 특히 산술은 이해가 중요합니다…… 그러니까 방금 그 곱셈의 답도 귀납적이며 동시에 연역적인 수학적 추론을 통해 구해야 했던 겁니다. 다른 답들도 그렇고요. 기억이란 어떤 면에선 유용하지만, 수학에서는 철저한 적입니다. 수학적으로 해롭다는 말씀입니다…… 그래 인정을 못하는 거죠…… 그럼요. 절대로……

학생 (괴로운 듯) 네, 선생님.

교수 이건 잠깐 좀 놔두고, 다른 공부부터 해보죠……

학생 네, 선생님.

하녀 (들어오며) 음, 음, 선생님……

교수 (하녀의 말을 못 듣고) 유감스럽게도 고등수학은 거의 못하셨나 봅니다.

---

7) 서양과 우리식 숫자 끊기가 달라서 우리식으로 표현했는데, 원문상에는 '100경, 1000조, 조, 10억, 100만'으로 되어 있다.

하녀 (교수의 팔 소매를 끌며) 선생님. 선생님.

교수 아무래도 종합 박사는 곤란하겠어요……

학생 네, 섭섭하군요.

교수 그래도…… (하녀에게) 가만 좀 있어요[8]…… 괜한 참견 말고, 부엌으로 가요. 가서 설거지나 해요. 가요, 얼른. (학생에게) 그래도 부분 박사는 시도가 가능하다고……

하녀 선생님…… 선생님……

하녀는 교수의 소매를 잡아끈다.

교수 (하녀에게) 좀 봐요, 봐. 도대체 왜 그래요? ……(학생에게) 부분 박사라도 하시겠다면 제가 기꺼이 수업을……

학생 네, 선생님.

교수 언어학과 비교언어학의 요소들을……

하녀 안 돼요…… 절대 안 돼요……

교수 정말 왜 이래요?

하녀 정말 언어학은 안 돼요. 언어학은 재앙의 지름길이에요……

학생 (놀라서) 재앙이오? (미소 지으며, 약간 멍청하게) 정말 큰일이군요.

---

8) 원문에는 '마리'라는 이름을 부르고 있는데, 우리 언어 습관에는 맞지 않는 듯하다. 이후로도 교수가 하녀한테 얘기할 때는 이런 일이 자주 있을 것이다.

교수 (하녀에게) 정말 너무하네. 나가요.

하녀 네, 알았어요. 하지만 나중에 딴말 마세요. 분명히 경고했습니다. 언어학은 재앙의 지름길이라고요.

교수 난 어른이에요.

학생 그럼요.

하녀 맘대로 하세요.

하녀 나간다.

교수 자, 계속할까요?

학생 네, 선생님.

교수 자, 이제 준비된 강의를 할 테니까 최대한 주의를 기울여주시기 바랍니다……

학생 네, 선생님.

교수 15분이면 신스페인어의 일반 및 비교언어학적 기본 원리를 터득하게 될 겁니다.

학생 어머, 정말요?

학생은 손뼉을 친다.

교수 (근엄하게) 조용! 뭐 하는 거예요?

학생 죄송합니다.

학생은 천천히 손을 책상 위에 놓는다.

교수 조용! (교수는 일어나서 뒷짐을 진 채 방 안을 왔다 갔다 한다. 간간이 무대 중앙 또는 학생 옆에 멈춰서 손짓으로 자신의 말을 강조한다. 너무 심한 과장은 아니지만 장광설이다. 학생은 눈으로 교수를 따라가지만 때때로 고개를 너무 많이 돌려야 하기 때문에 그것이 어려울 경우도 있다. 그러다 한두 번 정도는 몸을 완전히 돌리기도 한다.) 자, 그러니까, 스페인어는 모든 신스페인어의 모어인데, 신스페인어에는 스페인어, 라틴어, 이탈리아어, 우리 프랑스어,[9] 포르투갈어, 루마니아어, 사르디니아어, 사르다나팔어, 스페인어, 그리고 신스페인어와 함께, 관점에 따라서는 터키어까지 포함됩니다. 물론 터키어는 그리스어하고 더 가깝죠. 그럴 수밖에 없는 것이 터키는 그리스 바로 옆이고, 그리스하고 터키 사이의 거리는 우리 둘 사이보다 더 짧거든요. 물론 이건 지리학과 언어학이 쌍둥이 자매라는 극히 중요한 언어학적 법칙의 일례일 뿐입니다만…… 노트를 하시죠.

학생 (희미한 목소리로) 네, 선생님.

교수 신스페인어군의 언어들을 서로 구별하는 건, 또 그 방언들을 다른 어군들, 즉 오스트리아어군, 신오스트리아어군 또는 합스부르크어군, 그리고 에스페란토어군, 헬베티아어군, 모나코어군, 스위스어군, 안

---

9) 우리 관객들 앞에서 우리말로 공연을 할 때, '우리'라는 표현을 삭제하여 중성화하는 것도 고려해야 한다.

도라어군, 바스크어군, 펠로타어군,[10] 또한 외교 용어군 및 기술 용어군 등과 구별하는 건, 우선 신스페인어군 언어들 사이에는 놀랄 만한 유사성이 있어 다른 어군과 구별되는데, 물론 바로 그 유사성 때문에 신스페인어군 상호 간의 구별이 대단히 어렵긴 하지만, 그래도 그 뚜렷한 특성, 그 놀랄 만한 유사성은 그 언어들이 공통의 기원을 가지고 있다는 명백한 절대 증거인 동시에, 그 뚜렷한 특성의 유지 여부로써 다른 어군들과 근본적인 구별이 가능합니다.

학생 아아! 네에, 선생님.[11]

교수 하지만 일반론에서 지체할 필요는 없고……

학생 (애석한 듯, 매혹되어) 어머, 선생님……

교수 아쉬우신가 본데, 좋아요. 좋습니다.

학생 네, 그래요, 선생님……

교수 걱정 말아요. 이따 또 할 테니…… 완전히 벗어나면 몰라도. 그건 누구도 모르죠.

학생 (어쨌든 기뻐하며) 네, 좋아요, 선생님.

교수 모든 언어는, 잘 알아두세요. 죽을 때까지 잊지 말고……

10) '펠로타(pelota)'는 바스크의 민속 경기로 정구와 비슷한 공놀이인데, 갑자기 언어군으로 끼어든 건 이미 교수의 언어 붕괴 현상이 시작되고 있다는 증거인 듯하다.

11) 앞뒤 상황으로 보아 교수의 장광설에 말려들어 얼이 빠진 상태인 듯한데, 참고로 원문에는 "Oooh! oouuii, Monsieur!"로 되어 있다.

학생 네, 선생님, 죽을 때까지요…… 그럼요……

교수 그리고 이것 역시 근본 원칙인데, 모든 언어는 결국 말일 뿐입니다. 즉 무슨 뜻이냐 하면 언어의 구성 요소는 음성 또는……

학생 음소……

교수 맞아요. 하지만 자신의 지식을 나열하진 마세요. 그냥 잘 들으세요.

학생 네, 선생님, 알겠습니다.

교수 음성은 날개로 날고 있는 상태에서 포착돼야 합니다. 아니면 귀머거리의 귀로 떨어지고 말죠. 따라서 발음을 하려면, 가능한 한 목과 턱을 높이 쳐들고, 발끝으로 서야 합니다. 자, 이렇게……

학생 네, 선생님.

교수 조용. 가만있어요. 말 끊지 말고…… 그리고 허파의 모든 힘을 성대에 가하면서 큰 소리로 발성하는 겁니다. 자, 이렇게, 보세요. '나비', '유레카', '트라팔가르', '빠삐, 빠빠'. 이렇게 해서 음성은 주위보다 가벼운 따뜻한 공기에 싸여 음향의 정말 위험한 묘지인 귀머거리의 귀에 떨어지지 않고 팔락팔락 날아갈 수 있죠. 만약 여러 개의 소리를 빠른 속도로 발성하면, 그것들이 자동적으로 맞붙으면서 음절, 단어, 나아가 문장을, 즉 많든 적든 중요성을 띤 집합을, 그러나 일체의 의미가 배제된 순수하게 비논리적인 소리의 조합을 구성합니다. 하지만 바로 그 때문에 대기 중에서 안전하게 고도를 유지하는 거예요. 의미가 실린 단어들은 그 의미 때문에 결국 짓눌려 떨어지고 말죠……

학생 귀머거리의 귀로요?

교수 그래요. 끊지 말라니까…… 또는 최악의 혼란으로…… 또는 풍선처럼 터지고 말죠. 그러니까…… (학생은 갑자기 괴로운 표정을 짓는다.) 왜 그래요?

학생 이가 아파요.

교수 별 거 아네요. 그깟 일로 중단할 수야 없죠. 자, 계속합시다……

학생 (점점 더 고통스러운 듯) 네, 선생님.

교수 여기서 연음시 자음 변화에 대해 잠깐 짚고 넘어가죠. 즉 연음이 되면 프(f)가 브(v)로, 드(d)가 뜨(t)로, 그(g)가 끄(k)로 바뀌고 또 그 반대의 경우도 생기는데, 예를 들어 '트루와 제르(trois heures)', '레 장팡(les enfants)', '르 꼬꼬 뱅(le coq au vin)', '라주 누보(l' ge nouveau)', '브와시 라뉘(voici la nuit)'[12)]

---

12) 이 경우의 번역을 완전히 우리말 발음 체계로 의역하는 것도 문제가 있다. 가장 좋기로는 어느 언어에나 해당되는 공통 현상을 찾아내는 것이 될 것이나, 작품의 진행상 약간의 억지를 각오한다면 프랑스어 예문을 그대로 사용하는 것도 가능하기는 하다. 그러나 영어 번역본(Donald Watson 옮김, Penguin Books, 1978년)의 경우 이 대사를 삭제하고 있음에 주목할 필요가 있다. 아마도 발음 되지 않는 마지막 자음이 모음을 만나 살아나는 프랑스어식의 연음 체계가 없는 영어 발음 체계를 고려했을 것이다. 한편 예문에는 대부분 연음이 포함되어 있기는 하지만 앞에서 설명한 '프(f)가 브(v)로, 드(d)가 뜨(t)로, 그(g)가 끄(k)로 바뀌는' 자음 변화는 없음에 유의해야 한다.

같은 경우들입니다.

학생 이가 아파요.

교수 계속합시다.

학생 네.

교수 한마디로 원래 발음은 여러 해 걸려야 배울 수 있지만, 과학의 힘으로 단 몇 분에 가능하게 됐습니다. 단어건, 소리건, 원하는 뭐건 발성을 하려면, 잘 알아두세요, 허파로부터 가차없이 공기를 몰아내서 성대를 살짝 스쳐가도록 해야 합니다. 그럼 성대는 하프나 바람 앞의 이파리처럼 갑자기 진동하고 동요하면서, 떨리고, 떨리고, 떨립니다. 그래 혹은 구개음과,[13] 혹은 순음과, 혹은 치음과, 혹은 휘파람 소리를 만들어, 목젖과 혀와 입천장과 이빨과……

학생 이가 아파요.

교수 입술을 작동시키며…… 마침내 단어가 되어 코와 입과 귀와 모공을 통해 나오면서 앞서 말한 모든 기관들을 이끌고, 힘차고 장엄하게 비상합니다. 그럼 목소리라는 부적절한 이름의 그것은 노래로 바뀌고 거대한 교향악의 폭풍우로 변해서, 행렬과 갖가지 꽃

---

13) 원문에는 'grasseyer', 'chuinter', 'se fraisser' 등의 동사를 나열하고 있는데, 이는 각각 '후설후부구개음인 [r]을 목구멍 소리로 불명확하게 발음하다.', '전설치음인 [s], [z]를 전설전부경구개음인 [ʃ], [ʒ]로 발음하다.', '타박상, 찰과상을 입다.' 등의 의미이지만 너무 어렵다고 판단하여 바로 뒤에 나열된 발음 기관 중 '입천장(구개)', '입술(순)', '이빨(치)'을 이용하여 의역하였다.

다발을 동반하고, 또한 순음, 치음, 폐쇄음, 구개음 등 때로는 다정하고, 때로는 신랄하고 폭력적인 음의 기교를 동반합니다.

학생 네, 선생님, 이가 아파요.

교수 자, 자, 계속합시다. 신스페인어군의 언어들은 서로 너무나 가까운 친척이라서 진정한 사촌 사이라 할 수 있습니다. 게다가 모어(母語)도 똑같이 스페인어죠. 무성의 '으(e)'가 있는. 그러니까 서로 구별이 어렵고, 또 그러니까 발음을 잘 하는 게, 발음의 오류를 피하는 게 중요한 겁니다. 발음은 그 언어 전체의 가치를 지니죠. 발음이 나쁘면 아주 난처해집니다. 잠시 여담으로 제 경험 얘기 좀 해볼까요? (긴장이 약간 풀리고 교수는 잠시 기억을 더듬는다. 표정이 부드러워진다. 얼른 침착해져서) 아주 젊을 때였는데, 거의 애였죠, 군에 있을 때였는데, 같은 연대 동료 하나가, 자작(子爵)이었어요, 발음에 심각한 오류가 있었답니다. '에프(f)' 자를 제대로 발음 못하는 거예요. '프(f)'라고 할 것을 '프(f)'라고 하는 식이죠. 그래 '퐁텐느, 즈느 브와레 빠 드 또노(fontaine, je ne voirai pas de ton eau)'를 '퐁텐느, 즈느 브와레 빠 드 또노(fontaine, je ne voirai pas de ton eau)'로 발음하고, '피으(fille)'를 '피으(fille)'로, '피르맹(Firmin)'을 '피르맹(Firmin)'으로, '파요(fayot)'를 '파요(fayot)'로, '피셰므와 라 뻬(fichez-moi la paix)'를 '피셰므와 라 뻬(fichez-moi la paix)'로, '파트라

(fatras)' 를 '파트라(fatras)' 로, '피피(fifi)', '퐁(fon)', '파파(fafa)' 를 '피피(fifi)', '퐁(fon)', '파파(fafa)' 로, '필립(Philippe)' 을 '필립(Philippe)' 으로, '픽뜨와르(fictoire)' 를 '픽뜨와르(fictoire)' 로, '페브리에(février)' 를 '페브리에(février)' 로, '마르스아브릴(mars-avril)' 을 '마르스아브릴(mars-avril)' 로, '제라르 드 네르발(Gérard de Nerval)' 을 '제라르 드 네르발(Gérard de Nerval)' 로, '미라보(Mirabeau)' 를 '미라보(Mirabeau)' 로, '기타 등등' 을 '기타 등등' 으로, '이하 생략' 을 '이하 생략' 으로 발음하는 거예요.[14)]

---

14) 교수는 발음에 차이가 있다고 하지만 실제로는 전혀 차이가 없는 문장이나 어휘를 반복하고 있으며, 처음에는 오류가 있다고 한 '에프(f)' 자, 즉 '프(f)' 발음이 포함된 문장이나 어휘를 예로 들다가 나중에는 그것과 별 상관없는 엉뚱한 예까지 늘어놓고 있다. 한편 발음의 문제이므로 번역하지 않고 원어 발음 그대로를 고수하다가 마지막에 '기타 등등' 과 '이하 생략' 만 번역한 것에 대해서는, 물론 여러 예를 든 뒤 '기타 등등' 이라는 의미로 '에세트라(ect)' 를 사용했으므로 일단은 번역하는 것이 당연하지만, 그 이후 그것마저 발음의 예로 사용하는 상황에 이르면 번역할 수도 안 할 수도 없는 난처한 입장이 되고 만다. 따라서 무대에 올릴 때는 이 부분에 대한 고민과 결정이 있어야 할 것이다. 그러나 더욱 근본적으로 이 대사 전체를 의역하는 방법도 생각해 볼 수 있는데, 그렇다고 갑자기 순수 우리말 문장이나 어휘를 들이대는 것보다는 이미 익숙한 외래어를 사용하여 중성화하는 것이 바람직하리라 판단한다. 참고로 영어 번역본에서는 완전히 영어로 의역하여 'fresh fields and pastures new, he would say', 'filly', 'Franklin', 'filmblerigger', 'fiddlesticks', 'funny face', 'Fe Fi Fo Fum', 'Philip', 'fictory', 'February', 'April-May', 'Galeries Lafayette', 'Napoleon' 등의 예를 들고 있다.

그래도 그 친구 그걸 감쪽같이 숨겼어요, 늘 모자를 썼거든요. 그래 아무도 눈치 못 챘죠.

학생 네. 이가 아파요.

교수 (갑자기 어조를 바꿔, 엄한 목소리로) 계속합시다. 먼저 유사성을 정확히 알아야, 언어 상호 간의 차이점도 더 분명해집니다. 웬만큼 숙달돼선 차이를 못 느끼죠. 그러니까 모든 언어의 모든 단어는……

학생 네? ……이가 아파요.

교수 계속합시다…… 모든 단어는 항상 같습니다. 모든 어미와 모든 접두사와 모든 접미사와 모든 어근이……

학생 단어의 어근은 제곱근인가요?

교수 제곱 또는 세제곱.[15] 경우에 따라 달라요.

학생 이가 아파요.

교수 계속합시다. 아주 간단한 예를 하나 들겠는데요, '프롱(front)'이란 단어를 취해서……

학생 어떻게 취하죠?

교수 내키는 대로요. 하여튼 취해요. 제발 끊지 좀 말고요.

학생 이가 아파요.

교수 계속합시다…… 계속하재도요. 자, '프롱(front)'이라는 프랑스어[16] 단어를 취해서, 취했어요?

---

15) 이 경우 '제곱근, 세제곱근' 대신 '평방근, 입방근'이나 '자승근, 삼승근'이라는 표현도 있지만 좀 더 익숙한 '제곱근, 세제곱근'을 택했다. 그러나 공연 준비 과정에서 확신이 선다면 다른 선택을 하여도 무방하다.

학생 네, 네, 됐어요. 이가, 이가……

교수 '프롱(front)'은 '프롱티스피스(frontispice)'나 '에프롱떼(effronté)' 같은 단어들의 어근입니다. '이스피스(ispice)'는 접미사고 '에프(ef)'는 접두사죠. 항상 변화가 없는, 절대로요.[17]

학생 이가 아파요.

교수 계속합시다. 얼른. 이 접두사도 스페인어에서 왔는데, 그건 아시겠죠?

학생 아, 이가 아프다고요.

교수 계속합시다. 그리고 역시 알겠지만, 그건 프랑스어에서도 안 변했죠. 라틴어, 이탈리아어, 사르다나팔어, 사르다나팔리어, 루마니아어, 신스페인어, 스페인어에서도 안 변하고, 심지어 동양어에서도, '프롱', '프롱티스피스', '에프롱떼'는 그대로 같은 단어예요. 이 모든 언어에서, 어근도, 접미사도, 접두사도 같다는 말입니다. 모든 단어가 다 그래요.

학생 그 단어들의 뜻이 모든 언어에서 다 같은가요? 이가 아파요.

교수 그럼요. 다를 리가 있나요? 어쨌든 모든 언어에서,

16) 영어 번역본에서는 '프랑스'라는 표현을 삭제했다.

17) '접미사'는 'suffixe'이고 '접두사'는 'préfixe'인데, 여기 공통으로 들어간 'fixe'는 '불변'이라는 의미이므로 '변하지 않다'라는 표현이 들어간 것인데, 원문을 그대로 번역하면, "변하지 않기 때문에 그렇게 불러요. 절대 안 변하거든요." 정도가 되겠지만, 우리말의 '접미사', '접두사'에는 그런 '불변'의 의미가 없기 때문에 원문대로 번역해서는 이상하게 되고 만다.

그 단어뿐 아니라, 상상 가능한 모든 단어가, 의미도 같고, 구성도 같고, 음성 구조도 같단 말입니다. 왜냐하면 하나의 개념은 유일한 하나의 단어와 그 동의어로만 표현되거든요. 모든 나라에서요. 그러니 치통 얘긴 그만 해요.

학생 이가 아파요. 네, 정말이오.

교수 네, 계속합시다. 계속하자고요…… 예를 들어 '우리 할머니의 장미는 아시아인이었던 우리 할아버지처럼 노랗다.' 이걸 프랑스어로 어떻게 말하죠?

학생 이가, 이가, 이가 아파요.

교수 계속합시다. 계속해요. 대답을 해요.

학생 프랑스어로요?

교수 프랑스어로.

학생 음…… 프랑스어로 말이죠? 우리 할머니의 장미는……?

교수 아시아인이었던 우리 할아버지처럼 노랗다……

학생 아, 그래요. 그럼 프랑스어로는, 우리…… 우리…… '할머니'가 프랑스어로 뭐죠?

교수 프랑스어로요? '할머니'죠.

학생 우리 할머니의 장미는…… 참, '노랗다'가 프랑스어로 '노랗다'인가요?

교수 물론이죠.

학생 화가 났을 때 우리 할아버지처럼 노랗다.

교수 아니요…… 아시……

학생 아인이었던…… 이가 아파요.

교수 맞았어요.

학생 이가……

교수 아파요…… 제기랄…… 계속합시다. 이제 같은 문장을 스페인어로 번역해 봐요. 그리고 신스페인어로……

학생 스페인어로는…… 우리 할머니의 장미는 아시아인이었던 우리 할아버지처럼 노랗다.

교수 아니, 틀렸어요.

학생 신스페인어로는 우리 할머니의 장미는 아시아인이었던 우리 할아버지처럼 노랗다.

교수 아니에요. 틀렸어요, 틀렸어. 거꾸로 했어요. 학생은 스페인어를 신스페인어로 알고, 신스페인어를 스페인어로…… 아니…… 그 반대군요……

학생 이가 아파요. 혼동되시나 봐요.

교수 학생 때문이에요. 정신 바짝 차리고, 적어요. 그 문장을 우선 스페인어로 하고, 다음에 신스페인어로, 마지막에 라틴어로 할 테니까. 잘 따라 하세요. 주의해서. 아주 비슷하니까. 똑같으니까. 잘 듣고 따라 하세요……

학생 이가……

교수 아파요.

학생 계속하시죠…… 아! ……

교수 스페인어로는 우리 할머니의 장미는 아시아인이었던 우리 할아버지처럼 노랗다. 라틴어로는 우리 할머니의 장미는 아시아인이었던 우리 할아버지처럼 노랗다. 차이점을 알겠어요? 자, 그럼…… 루마니아어로 번역해 봐요.

학생 우리 할머니의…… '장미'가 루마니아어로 뭐죠?

교수 '장미'죠.

학생 '장미' 아녜요? 아, 이가 아파요……

교수 아니, 아녜요. '장미'는 프랑스어의 '장미'를 동양어로 번역한 거고, 스페인어로는 '장미'예요. 알겠어요? 사르다나팔리어로는 '장미'고……

학생 죄송하지만, 선생님…… 아, 이가 아파요…… 전 그 차이를 모르겠어요.

교수 하지만 정말 간단해요. 정말이오. 경험만 있으면, 여러 다른 언어에 대한 기술적이고 실제적인 경험만 있으면 돼요. 완전히 동일한 특성을 보이지만 분명 다른 언어들 말예요. 그 열쇠를 드릴 테니……

학생 이가……

교수 그걸 구별하는 건, 단어도 아니고, 단어는 완전히 같으니까, 문장 구조도 아니고, 그건 어디서나 마찬가지니까, 억양도 아니고, 그건 차이가 없으니까, 말의 리듬도 아니고…… 그걸 구별하는 건…… 듣고 있어요?

학생 이가 아파요.

교수 듣고 있냐니까요? 에이, 자꾸 이럼 화낼 거예요.

학생 그만 하세요. 이가 아파요.

교수 제기랄! 좀 들어요.

학생 네…… 알겠어요…… 하세요……

교수 한편으로 그 언어들을 서로 구별하고, 또 한편으로 그것들을 그 모어, 즉 무성의 '으(e)'가 있는 스페인어와 구별하는 건……

학생 (상을 찡그리며) 뭐죠?

교수 말로 표현할 수 없는, 실로 긴 시간과, 많은 노력과, 오랜 경험을 거쳐야 비로소 터득할 수 있는……

학생 네?

교수 네, 그래요. 하지만 법칙은 없습니다. 오로지 직관입니다. 그걸 얻으려면 공부, 공부, 또 공부뿐이고요.

학생 이가 아파요.

교수 물론 언어들 간에 단어가 다른 경우도 있긴 합니다…… 하지만 우리 지식이 그런 예외적인 경우에 근거할 수는 없습니다.

학생 그래요? ……아, 선생님, 이가 아파요.

교수 가만 좀 있어요. 화나게 하지 말고. 그럼 나도 날 책임 못 진다고요. 아까 무슨 말을…… 아, 그래, 예외적인 경우, 그러니까 구별이 쉬운…… 구별이 용이한…… 또는 편한…… 그게 더 좋다면…… 다시 말해야겠군. 전혀 안 듣고 있으니까. 그게 더 좋다면……

학생 이가 아파요.

교수 그러니까 일상적인 표현에서 어떤 단어들이 언어에 따라 완전히 다른 경우가 있는데, 이럴 때 어떤 언어인지 구별하는 건 너무나 쉽죠. 예를 하나 들자면, 마드리드에서 유명한 신스페인어 문장인데, '제

조국은 신스페인입니다.'가 이탈리아어로는 '제 조국은……'

학생 '신스페인입니다.'

교수 아뇨. '제 조국은 이탈리아입니다.' 자, 그럼 말해봐요. 간단한 추론으로. '이탈리아'는 프랑스어로 뭐죠?

학생 이가 아파요.

교수 아주 간단한데. '이탈리아'는 프랑스어로 '프랑스'죠. 그게 정확한 번역이에요. '제 조국은 프랑스입니다.' '프랑스'는 동양어로 '동양'. 그럼 '제 조국은 동양입니다.' '동양'은 포르투갈어로 '포르투갈'. 그러니까 동양어로 '제 조국은 동양입니다.'를 포르투갈어로 번역하면, '제 조국은 포르투갈입니다.' 계속 이런 식으로……

학생 알아요! 알아! 이가……

교수 이가! 이가! 이가! …… 내가 뽑아줄게요. 또 다른 예로, '수도'라는 단어도 언어에 따라 부여되는 뜻이 다릅니다. 즉 스페인 사람이 '저는 수도에 삽니다.' 할 때 '수도'하고 포르투갈 사람이 '저는 수도에 삽니다.' 할 때 '수도'는 그 의도하는 바가 전혀 다르죠. 그러니 프랑스 사람, 신스페인 사람, 루마니아 사람, 라틴 사람, 사르다나팔리 사람이…… 말을 할 때, 이봐요, 이게 다 누구 때문인데, 젠장! 말을 할 때, '저는 수도에 삽니다.' 하면, 듣는 순간 그게 스페인언지 신스페인언지, 프랑스언지, 동양언지, 루마니아언지, 라틴언지 쉽게 알 거예요. 왜냐하면 그 문장을 말하는 사람이 어떤 도시를 생각하는지만 알면 되니까…… 하지만 이 정도 말고 다른 예는 거의 없다고……

학생 아, 정말, 이가……

교수 조용히 해요. 머리통을 부숴버리기 전에.

학생 해보시죠. 큰소리치지 말고.

교수는 학생의 팔목을 잡고 비튼다.

학생 아야!

교수 그러니까 조용히 해요. 입 다물고.

학생 (울먹이며) 이가 아파요……

교수 그러니까 최대의…… 음, 뭐랄까…… 모순…… 그래…… 맞아…… 최대의 모순은 아무 교육도 못 받은 사람들이 이 여러 언어를…… 들어요? 지금 내가 뭐라 그랬죠?

학생 이 여러 언어를. 내가 뭐라 그랬죠.

교수 다행히 들었군…… 많은 사람들이 라틴어라고 믿지만 실은 자기도 모르는 신스페인어 단어들로 가득 찬 스페인어를 떠들고…… 또는 루마니아어라고 믿지만 실은 동양어 단어로 가득 찬 라틴어를 지껄이고…… 또는 사르다나팔리어라고 믿지만 실은 신스페인어로 가득 찬 스페인어를 주절대고…… 또는…… 알겠어요?

학생 네! 네! 네! 네! 이럼 됐죠? ……

교수 건방떨지 마요. 혼나기 전에…… (화가 나서) 가장 심한 예로, 어떤 사람들은 스페인어라고 믿으면서 실은 라틴어로 '전 양쪽 간이 한꺼번에 아픕니다.' 하고 말합니다. 스페인어는 한마디도 모르는 프랑스 사람한테요. 그런데 그 프랑스 사람은 그걸 자기 나라 말처럼 잘 알아듣거든요. 게다가 그게 자기 나라 말인 줄 알고요. 그러곤 프랑스어로 대답합니다. '저도 간 두 개가 다 아픕니다.' 그럼 이번엔 스페인 사람이 그걸 완벽하게 알아듣죠. 그 대답이 순수한 스페인어라고, 그 사람이 스페인어로 말했다고 확신하면서요…… 사실은 스페인어도 아니고, 프랑스어도 아니고, 신스페인어 식의 라틴언데…… 가만 좀 있으래도요. 다리 좀 그만 움직이고, 발도 그만 구르고……

학생 이가 아파요.

교수 자기가 어느 나라 말을 하는지도 모르고, 더구나 제각기 다른 언어로 착각을 한 상황에서, 서로 상대방의 말을 이해한다는 건 도대체 어찌 된 일일까요?

학생 글쎄 말이에요.

교수 이건 그저 일반 대중들의 조잡한 경험론에서 비롯된, 경험하곤 달라요, 설명이 안 되는 희한한 일의 하나로, 하나의 모순이며, 넌센스며, 기묘한 인간 본성, 즉 간단히 한마디로, 본능이라는 놈의 장난입니다.

학생 어머![18]

교수 난 힘들어 죽겠는데, 파리 나는 거나 보면서 웃고 있어요? ……좀 더 집중을 하세요. 부분 박사를 따려는 건 내가 아녜요…… 나야 진작에 땄죠…… 종합 박사에…… 슈퍼 종합 박사까지…… 그런데도 내가 누굴 위해 이러는지 모르겠어요?

학생 이가 아파요.

교수 나쁜 학생이로군…… 이럼 안 되는데. 안 되지, 안 돼, 안 돼……

학생 잘…… 들을…… 게요……

교수 이 여러 언어의 구별법을 배우려면 실습이 최고라 이겁니다…… 자, 차례대로, 우선 '식칼'이라는 단어를 모든 나라 말로 번역해 볼게요.

교수 마음대로 하세요…… 어쨌든……

교수 (하녀를 부른다) 아줌마![19] 아줌마! 왜 안 와?[20]…… 아줌마! 아줌마! 이봐요, 아줌마! (오른쪽 문을 열고) 아줌마! ……

교수 나간다.

---

18) 원문은 "Ha! Ha!"인데, 다음 대사의 내용으로 보아 웃음소리인 듯하다.

19) 원문에서는 "마리!" 하고 이름을 부르지만, 우리 어법과 잘 안 맞는 듯하여 의역했는데, "아줌마!"라는 표현이 너무 한국적이어서 오히려 이상하다고 판단할 경우 "이봐요!" 정도로 중성화시키는 것도 가능하다.

20) 혼잣말인데 원문대로 하면 "안 오는군." 정도가 될 것이다.

학생은 잠시 혼자 남아, 얼이 빠진 듯, 허공을 보고 있다.

교수 (밖에서 날카로운 목소리로) 아줌마! 어떻게 된 거예요? 왜 안 와요? 내가 오라면 와야죠. (교수 뒤를 따라 하녀가 들어온다.) 시키는 대로 하란 말예요. (학생을 가리키며) 하나도 못 알아들어요. 하나도요.

하녀 선생님, 이러시면 안 돼요. 어쩌시려고? 정말 이러다 큰일 나요. 큰일이오.

교수 알아서 멈출 거예요.

하녀 늘 말씀뿐이지, 실천이 없잖아요.

학생 이가 아파요.

하녀 보세요. 벌써 시작됐어요, 증상이.

교수 증상? 말해 봐요. 무슨 뜻이죠?

학생 (힘없는 목소리로) 그래요, 무슨 뜻이에요? 이가 아파요.

하녀 마지막 증상. 위험한 증상이오.

교수 바보 같은 소리 작작 해요. (하녀 나가려 한다.) 그냥 가면 어떡해요? 식칼 좀 찾으라고 불렀는데. 스페인 식칼, 신스페인 식칼, 포르투갈 식칼, 프랑스 식칼, 동양 식칼, 루마니아 식칼, 사르다나팔리 식칼, 라틴 스페인 식칼.

하녀 (엄하게) 직접 찾으세요.

하녀 나간다.

교수 (반박할 자세를 취하지만 이내 자제하고 약간 막막하게 있더니 갑자기 생각난 듯) 아! (급히 서랍 쪽으로 가서, 연출자의 뜻에 따라 가상 또는 실물이 될 커다란 식칼을 꺼내 쥐고는 대단히 기쁜 듯이 흔들어댄다.) 자, 이게 식칼입니다. 하나밖에 없는 게 유감이지만, 이거 가지고 모든 언어로 해보는 겁니다. 아주 가까이 뚫어져라 보면서, 여러 나라 언어로 '식칼'이라는 단어를 발음하는 겁니다. 물론 바로 그 나라 식칼이라고 상상하면서요.

학생 이가 아파요.

교수 (거의 노래하듯 가락을 넣어) 자, '식', 이렇게 '식'. '칼', 이렇게 '칼'…… 보면서, 잘 보면서……

학생 어느 나라 말로요? 프랑스어요? 이탈리아어요? 스페인어요?

교수 아무거나 괜찮아요…… 상관없다고요. 자, '식'.

학생 식……

교수 '칼'…… 보면서요.

교수는 학생의 눈앞에서 칼을 휘두른다.

학생 칼……

교수 한번 더…… 보면서.

학생 아니, 싫어요. 미치겠어요. 이도 아프고, 발도 아프고, 머리도 아프고……

교수 (발작적으로) '식칼'…… 보세요…… '식칼'…… 봐요…… '식칼' …… 보라니까……

학생 귀까지 아파요. 그 목소리. 귀청이 터질 것 같아요.

교수 자, '식칼' …… '식' …… '칼' ……

학생 싫어요. 귀가 아파요, 온몸이 다 아파요……

교수 내가 떼어주지. 그럼 안 아플 거 아냐.

학생 아…… 선생님 때문에 아픈 건데……

교수 자, 잘 보면서, 따라 해요. 어서. '식' ……

학생 아, 꼭 이렇게까지[21]…… 식…… 칼…… (잠시 정신이 나서 비꼬듯) 이게 신스페인언가요? ……

교수 뭐, 좋을 대로 생각하세요. 하지만 서둘러요…… 시간이 없어요…… 그런데 거 웬 쓸데없는 질문이에요? 뭐 하자는 거냐고요?

학생 (점점 피로해져, 울며, 절망한 듯하지만, 동시에 황홀한 듯도 하고, 격노한 듯도 한 태도로) 아!

교수 자, 따라 해요. 보면서. (뻐꾸기처럼) '식칼' …… '식칼' …… '식칼' …… '식칼' ……[22]

학생 아, 머리가…… 아파요…… (신체 부위의 이름을 부

---

21) 원문을 그대로 옮기면 "정 그것을 고집하신다면……" 정도가 된다.

22) 원문으로는 '칼(couteau/꾸또)' 과 '뻐꾸기(coucou/꾸꾸)' 가 발음상 비슷하다. 따라서 같은 효과를 내려면 우리말의 '식칼' 을 새소리처럼 발음하는 방법을 찾아야 하는데, 예를 들어 '새타령' 에서 '쑥쑥꾹 쑥꾹' 또는 '쌕쌕골 쌕골' 하는 등의 의성어와 비슷한 발음과 억양을 생각할 수 있을 것이다. 참고로 영어 번역본에서는 '칼(knife/나이프)' 과 '뻐꾸기(cuckoo/쿠쿠)' 사이의 발음상 유사성이 없으므로 '뻐꾸기처럼' 이라는 지문대신 '아이처럼' 이라는 지문을 넣어 'knifey/나이피' 로 발음하도록 하고 있다.

르며, 그 부분을 애무하듯 손으로 스친다) …… 눈이……

교수 (뻐꾸기처럼) '식칼' …… '식칼' ……

두 사람은 모두 서 있다. 교수는 거의 제정신이 아닌 듯 학생의 주위를 돌며 계속 가상의 식칼을 휘두른다. 그것은 일종의 인디언 승전 축하 춤 같지만, 막연히 그런 느낌이 드는 정도일 뿐 스텝을 과장하거나 하는 것은 결코 아니다. 학생은 관객을 마주한 채 서서 뒷걸음으로 창 쪽으로 밀려간다. 병색의, 생기 없고, 홀린 듯한 모습으로.

교수 자, 따라 해요. '식칼' …… '식칼' …… '식칼' ……

학생 목구멍이…… 아파요. 식…… 아…… 어깨가…… 가슴이…… 식칼……

교수 '식칼' …… '식칼' …… '식칼' ……

학생 엉덩이가…… 식칼…… 허벅지가…… 식……

교수 정확하게…… '식칼' …… '식칼' ……

학생 식칼…… 목구멍이……

교수 '식칼' …… '식칼' ……

학생 식칼…… 어깨가…… 팔이, 가슴이, 엉덩이가…… 식칼…… 식칼……

교수 그래요…… 잘했어요. 이제……

학생 식칼…… 가슴이…… 배가……

교수 (목소리가 달라지며) 조심해…… 유리창 깨면 안 돼…… 식칼로 죽여……

학생 (희미한 목소리로) 네, 네…… 식칼로 죽여요?

교수 (대단히 커다란 동작으로 식칼을 휘둘러 단번에 학생을 찔러 죽이며) 아악! 받아라!

학생도 "아악!" 하는 비명과 함께 쓰러진다. 우연히 창 옆에 있었던 의자 위에 난잡한 모습으로 주저앉듯. 살인자와 희생자가 동시에 지르는 비명, 즉 최초의 일격이 가해진 후 학생은 의자에 주저앉는데, 두 다리가 벌어져 의자 양쪽으로 늘어진 형태다. 교수는 관객을 등지고 학생 앞에 서 있다. 최초의 일격 후 교수는 죽은 학생을 아래에서 위로 재차 찌르며 온몸을 눈에 띄게 부르르 떤다.[23)]

교수 (숨을 헐떡이며, 빠른 말투로) 더러운 년…… 꼴좋다…… 기분 좋은데…… 아아! 피곤하다…… 숨도 차고…… 아아!

교수는 힘들게 숨을 몰아쉰다. 쓰러진다. 다행히 의자가 거기 있다. 그는 이마의 땀을 닦으며 뭔가 알 수 없는 말을 빠르게 중얼거린다. 호흡이 정상으로 돌아온다…… 이윽고 일어나 손에 든 칼과 소녀를 본다. 그러고는 정신이 든 듯.

---

23) 이 부분은 연구자들에 의해 종종 성행위와 비교되는데, 교수가 선택한 '식칼'은 남성의 상징으로, 둘이 동시에 지르는 비명, 교수가 학생의 시체에 가하는 마지막 칼부림과 경련은 성행위와 그 황홀감의 표현으로 해석된다.

교수 (공포에 사로잡혀) 내가 무슨 짓을? 어떡하지? 이제 어떻게 되는 거지? 아아! 큰일 났네. 이봐요, 학생, 일어나세요. (칼을 어찌 할 줄 몰라 손에 든 채 불안해 한다.) 이봐요, 학생, 수업 끝났어요…… 이제 가세요…… 수업료는 나중에 내세요…… 아! 죽었어…… 죽—었—어…… 내 칼에…… 죽—었—어…… 무서워. (하녀를 부른다.) 아줌마! 아줌마! 좀 와봐요, 아줌마! 아아! (오른쪽 문이 반쯤 열린다. 하녀가 나타난다.) 안 돼…… 들어오지 마요…… 잘못 말했어요…… 아줌마 필요 없어…… 알았어요? ……

하녀는 엄격한 표정으로 다가와 묵묵히 시체를 바라본다.

교수 (점점 자신이 없는 목소리로) 필요 없어요, 아줌마……

하녀 (빈정대듯) 그래, 학생이 맘에 드세요? 수업을 잘 듣던가요?

교수 (칼을 등 뒤로 감추며) 네, 수업은 다 했어요…… 그런데…… 학생이…… 그냥 있네요…… 안 가고요……

하녀 (냉혹하게) 그렇군요……

교수 (가볍게 떨면서) 나 아녜요…… 나 아니라고요…… 아줌마…… 아녜요…… 정말…… 나 아녜요. 정말이오……

하녀 그럼 누구죠? 누구냐고요? 전가요?

교수 잘 모르겠지만…… 설마……

하녀 아님 고양인가요?

교수 어쩌면요…… 잘 모르겠지만……

하녀 오늘 벌써 마흔 번째예요!……매일 이러네요. 매일이오. 창피하지도 않아요, 그 나이에? ……그러다 병나세요. 하긴, 이젠 학생도 없을걸요. 다행이죠.

교수 (화를 내며) 내 탓이 아녜요. 학생이 공부를 안 하려 그랬어요. 말도 안 듣고요. 나쁜 학생이었다고요. 공부도 안 하려고 하는.

하녀 거짓말! ……

교수 (등 뒤에 칼을 감춘 채 슬금슬금 하녀에게로 다가가) 상관 마. (칼로 하녀를 세게 찌르려고 한다. 하녀는 재빨리 교수의 팔목을 잡아 비튼다. 교수는 무기를 바닥에 떨어뜨린다.) 잘못했어요.

하녀 (소리가 날 정도로 세게 교수의 따귀를 두 번 때린다. 교수는 엉덩방아를 찧으며 바닥에 넘어져 운다.) 살인자. 나쁜 놈. 더러운 작자. 나까지 죽이려고? 난 학생이 아냐. (교수의 멱살을 잡아 일으킨다. 빵모자를 주워 교수 머리에 씌워준다. 교수는 또 따귀를 맞을까 겁이 나서 어린애처럼 팔꿈치로 방어하려 한다.) 칼 갖다 놔요, 얼른. (교수는 찬장 서랍에 칼을 갖다 두고 돌아온다.) 좀 아까 내가 경고했죠? 수학은 언어학이 되고, 언어학은 범죄의 지름길이라고요……

교수 '재앙의 지름길'이라 그랬잖아요.

하녀 그게 그거죠.

교수 잘못 들었어요. 난 '재앙'이 무슨 도시 이름인 줄 알았죠. 언어학을 하면 '재앙'이란 도시로 가게 된

단 얘기로……

하녀 거짓말. 교활하긴. 선생님 같은 학자가 말뜻을 잘못 알 리 없어요. 속일 생각 마요.

교수 (흐느끼며) 일부러 죽이려 그런 건 아닌데.

하녀 그래도 후회가 되나 보죠?

교수 그럼요. 정말이에요.

하녀 딱한 양반. 에휴! 그래도 착한 분인데. 어떻게든 수습해야죠. 다신 이러지 마세요…… 그러다 심장병 걸리세요……

교수 알았어요. 그런데 어떡할 거예요?

하녀 묻어야죠…… 다른 시체 서른아홉 구하고 같이…… 그럼 관이 마흔 개…… 장의사도 부르고, 우리 애인 오귀스트 신부도 부르고…… 화환도 주문하고……

교수 그래요, 고마워요.

하녀 하긴, 오귀스트 신부까지는 안 불러도 되겠네요. 선생님도 가끔 신부 노릇을 하신다니까. 소문대로라면요.

교수 화환도 너무 비싼 건 말죠. 수업료도 안 냈는데.

하녀 걱정 마세요…… 어쨌든 학생 옷으로라도 좀 덮어주세요. 보기 흉하니까. 이제 내가야죠……

교수 알았어요. (시체를 덮어준다.) 붙잡히면 어떡하죠? ……관이 마흔 개나 되니…… 생각해 봐요…… 다들 놀랄 거예요. 안에 뭐가 들었냐고 물어보면 어떡하죠?

하녀 그렇게 걱정할 거 없어요. 빈 거라 그러면 돼요. 또

묻지도 않을 거고요. 흔한 일이니까.[24)]

교수 그래도……

하녀 (필경 나치의 나치의 만(卍) 자일 법한, 그런 기장이 부착된 완장을 하나 꺼낸다.) 자, 정 걱정이 되면 이걸 차세요. 그럼 겁날 거 없어요. (교수 팔에 완장을 채워준다.) 이런 게 책략이에요.

교수 고마워요, 아줌마. 인제 마음이 놓이네요…… 아줌만 정말 착하고…… 헌신적이고……

하녀 자, 됐죠? 갈까요?

교수 그래요, 갑시다. (하녀와 교수는 학생의 시체를 든다. 한 명은 어깨를, 또 한 명은 다리를 잡고 오른쪽 문을 향한다.) 조심해요. 다치지 않게.

모두 나간다.

무대는 잠시 비어 있다. 왼쪽 문에서 초인종 소리가 들린다.

하녀의 목소리 네, 나가요.

처음 시작할 때처럼 하녀가 등장하여 문 쪽으로 간다. 두 번째 초인종 소리가 들린다.

하녀 (방백) 되게 급한 아가씨로군. (큰 소리로) 기다려

24) 파리 공연에서는 리듬을 늦추지 않기 위해 바로 다음에 오는 두 대사, 즉 완장 장면을 생략하였다.(원주)

요. (왼쪽으로 가서 문을 연다.) 안녕하세요? 새로 온 학생이죠? 수업 들으러 오셨죠? 지금 기다리고 계시거든요. 오셨다고 말씀드릴게요. 금방 내려오실 거예요. 자, 들어오세요. 어서요.[25)]

막

25) 공연에서는 개막 전 시작을 알리는 세 번 두드리는 소리에 이어 무대가 비어 있는 상태에서 잠시 동안 망치질 소리가 들린다. 이어 첫 장면에서 하녀는 문을 열어주러 서둘러 가면서, 식탁 위에 놓여 있는 공책과 손가방을, 뛰어가는 흐름을 끊지 않은 채 재빨리 집어, 이미 다른 공책 같은 것들이 쌓여 있는 구석으로 던진다. 또 마지막 장면에서도 초인종을 울리는 새 학생에게 문을 열어주러 가면서 좀 전에 살해된 여학생의 공책과 손가방을 집어 앞서의 구석으로 던진다. 막이 내린 후 다시 몇 번의 망치질 소리가 울려퍼질 수도 있다.(원주)

의자

비극적 소극(FARCE TRAGIQUE)

등장인물

노인 95세
노파 94세
변사 45~50세

「의자」는 1952년 4월 22일 랑크리 극장(Théâtre Lancry)에서 초연되었는데, 연출은 실뱅 돔(Sylvain Dhomme)이, 장치는 자크 노엘(Jaques Noël)이 맡았다. 1956년 2월과 1961년 3월 샹젤리제 스튜디오(Studio des Champs-Elysées)에서 재공연되었을 때는, 연출과 노인 역에 자크 모클레르(Jacques Mauclair), 노인 역에 칠라 셸톤(Tsilla Chelton)이었다.

무대 장치

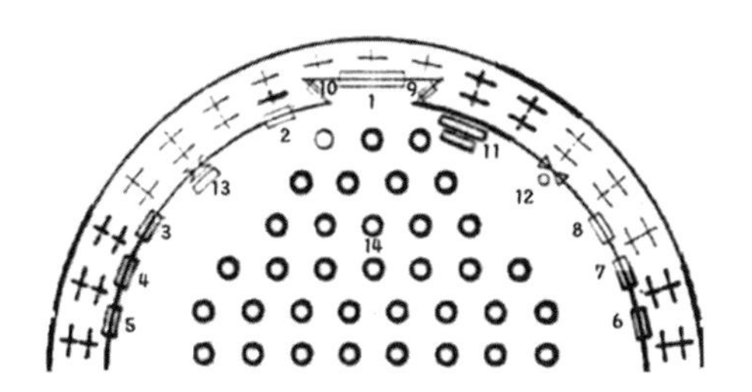

원형의 벽, 뒷무대[1] 중앙에 벽감(壁嵌). 휑한 무대. 오른쪽 앞무대로부터 벽을 따라 문 세 개. 다음에 걸상이 앞에 놓인 창문 하나. 다시 또 문 하나. 뒷무대 벽감에 양쪽으로 열리는 커다란 문. 그 양옆에서 마주보고 있는 문 두 개. 문 두 개 모두, 또는 적어도 둘 중 하나는 객석에서 거의 안 보여야 한다. 왼쪽 앞무대로부터 벽을 따라 문 세 개. 다음 오른쪽 창문과 마주 보는 곳에 걸상이 앞에 놓인 창문 하나. 그리고 연단과 칠판 하나. 좀 더 쉽게 그림을 참고할 것.
앞무대에 나란히 놓인 의자 두 개.
천장에 걸린 가스등 하나.

1 양쪽으로 열리는 커다란 문(뒷무대)
2, 3, 4, 5 오른쪽 옆문
6, 7, 8 왼쪽 옆문
9, 10 감춰진 문(뒷무대 벽감)
11 연단과 칠판
12, 13 걸상이 앞에 놓인 창문
14 빈 의자
++ 복도

1) 앞무대와 뒷무대는 각각 객석에서 가까운 부분과 먼 부분을 가리키며 왼쪽과 오른쪽은 무대에서 객석을 향한 채 본 방향이다.

막이 오른다. 어두컴컴하다. 노인이 걸상에 올라서서 왼쪽 창문으로 몸을 내밀고 있다. 노파가 가스등에 불을 붙인다. 녹색 빛이다. 노파가 노인의 소매를 잡아끈다.

노파 여보, 창문 좀 닫아요. 냄새나요. 바다 썩는 냄새. 모기도 들어오고요.

노인 가만 좀 있어요.

노파 여보, 제발 좀 앉아요. 내려와요. 빠지겠어요. 프랑스와 1세 생각 안 나요? 조심해야죠.

노인 또 역사 얘기요? 지겨운 프랑스 역사? 배 좀 보려 그래요. 햇빛에 점점이 떠 있는.

노파 뵈지도 않아요. 해가 어디 있어요? 벌써 밤인데.

노인 어렴풋이 보여요.

노인은 몸을 더욱 숙인다.

노파 (노인을 힘껏 잡아끌며) 에구…… 무서워요…… 좀 앉아요. 글쎄, 안 보인대도요. 소용없어요. 깜깜한데…….

노인은 마지못해 끌려 내려온다.

노인 거참, 보게 좀 놔두지.
노파 뭐요? ……난 어지러워 죽겠는데. 이놈의 집. 이놈의 섬. 정말 못 살겠어요. 사방이 물이야…… 창문 밑에서 수평선까지 온통…….

노파가 노인을 끌고 앞무대 의자로 온다. 노인은 천연덕스럽게 노파의 무릎에 앉는다.

노인 이제 여섯신데…… 벌써 밤이야. 전엔 안 그랬는데. 아홉시, 열시, 아니, 자정에도 대낮이었잖아요.
노파 맞아요. 그랬어요.
노인 너무 변했어요.
노파 이유가 뭘까요?
노인 글쎄요[2]…… 지구가 자꾸 도니까, 갈수록 깊이 박히

2) 원문에서는 '세미라미스' 하고 이름을 부르는데, 원래 그리스 전설에 나오는 아시리아 여왕의 이름이다. 이러한 경우는 앞으로도 무척 많지만 모두 명시하지는 않았다.

나 보죠. 돌고, 돌고, 돌고……

노파 돌고, 돌고…… (침묵) 정말 모르는 게 없군요. 당신은 천재예요. 원하기만 했으면, 최고 대통령, 최고 왕, 또 최고 박사, 최고 장군, 다 됐을 거예요. 야심만 좀 있었으면……

노인 그런 거 소용없어요. 그런다고 더 잘 사나? ……이 정도면 됐지. 관리인이면 이 집선 대장이잖아요.

노파 (어린아이를 쓰다듬듯 노인을 쓰다듬으며) 아이구, 대견해라……

노인 지겨워요.

노파 창밖 내다볼 땐 괜찮더니…… 자, 기분 전환도 할 겸, 저번 날 밤처럼 해봐요.

노인 당신 차례예요.

노파 당신 차례죠.

노인 당신이죠.

노파 당신이죠.

노인 아녜요.

노파 아녜요.

노인 차나 들어요.

물론 차는 없다.

노파 그럼 2월 흉내나 내봐요.

노인 난 몇월 몇월 그런 거 안 좋아해요.

노파 그럼 어떡해요? 그거밖에 없는데. 자, 좀 웃겨봐요.

노인 자, 2월이에요.

스탕 로렐[3]처럼 머리를 긁는다.

노파 (웃고 박수치며) 맞았어요. 고마워요. 에구, 귀여워라. (껴안는다.) 천재야, 천재. 못 돼도 최고 장군은 됐을 거예요. 마음만 먹었으면……

노인 관리인이면 이 집선 대장이에요.

침묵.

노파 얘기나 해줘요. 그 얘기요. 그 재미있는……[4]

노인 또요? ……됐어요…… 재미요? 또 하라고요? ……똑같은 걸 갖고…… 재미라니. 매번 같은 걸 갖고…… 결혼하고 칠십오 년 동안, 매일 밤, 하루도 안 쉬고, 똑같은 얘기, 똑같은 사람 흉내, 똑같은 달 흉내…… 언제나 똑같은…… 제발 다른 얘기 좀……

노파 그래도 안 지루해요. 당신 얘긴데요. 재미있죠.

노인 다 아는 얘기잖아요.

노파 금방 다 잊어버리잖아요…… 밤마다 정신을 새롭게

---

3) Stan Laurel(Arthur Stanley Jefferson): 미국의 영화배우(1890～1965).

4) 프랑스어에서 'rire(웃다)'의 3인칭 과거형 'a ri'와 'arriver(도착하다)'의 앞부분 발음이 같다는 것을 이용하여 오해의 여지가 많은 문장을 나열하고 있는데, 우리말로는 그것을 살리기 어려워 'a ri'는 '재미'로, 'arriver'는 '도착하다'로 번역하였다.

하니까…… 매일 청소를 한다고요. 일부러…… 당신을 위해서, 매일 밤, 새로워지는 거예요. 자, 하세요.

노인 정 그럼.

노파 자, 당신 얘기자…… 동시에 내 얘기죠. 하세요. 우리는……

노인 우리는…… 여보……

노파 우리는…… 여보……

노인 우리는 커다란 창살 문 앞에 도착했어요. 흠뻑 젖은 채, 뼛속까지 꽁꽁 언 채, 몇 시간째, 아니, 며칠째, 아니, 몇 주일째……

노파 아니, 몇 달째……

노인 빗속을…… 귀가 덜덜, 발도 덜덜, 무릎도 덜덜, 코도 덜덜, 이도 덜덜…… 벌써 팔십 년 전 얘기예요. 그런데도 우릴 안 들여보냈어요. 겨우 정원 문만 열어줬죠…….

침묵.

노파 정원 풀도 젖어 있었어요.

노인 오솔길을 따라가니까 작은 광장이 나왔어요. 중앙에 마을 교회가 있고…… 어디 마을이더라? 생각나죠?

노파 아뇨, 생각 안 나요.

노인 거길 어떻게 갔더라? 어떤 길로? 거기 이름이, 맞아, 파리……

노파 파리요? 그런 덴 없었어요.

노인 있었어요. 몰락해서 그렇지…… 원래는 빛나는 도시였는데, 그 불빛이 꺼진 거죠. 사십만 년 전에…… 그래 지금은 노래 하나만 남고 다 없어졌고요.

노파 노래요? 웃기네. 어떤 노래죠?

노인 자장가요, 상징적인. 「파리, 영원한 파리」.

노파 정원으로 해서 갔어요? ……멀던가요?

노인 (꿈꾸듯, 골똘히) 노래? ……비?

노파 당신은 천재예요. 야심만 좀 있었으면, 최고 왕, 최고 기자, 최고 배우, 최고 장군, 다 됐을 거예요…… 하지만 구멍이…… 시커먼 구멍이…… 망각의 구멍이오.

침묵.

노인 우리는……

노파 네, 계속해요…… 어서요…….

노인 (대사 도중 노파가 웃기 시작한다. 처음엔 멍하니 부드럽게. 이어 점점 크게. 결국 노인도 웃기 시작한다.) 우리는 웃었어요. 배가 아플 정도로. 얘기가 너무 웃겨서…… 그 우스운 놈이 왔어요. 배를 땅에 깔고. 벗은 배를. 그놈, 배가 있었거든요…… 쌀을 가득 담은 자루를 가지고 왔는데, 쌀이 땅바닥에 줄줄…… 그놈도, 배도 땅바닥에…… 그래 웃고, 웃고, 또 웃고, 배를 벗은 땅바닥 쌀, 자루, 땅바닥에 배를 깐 쌀자루 얘기, 쌀이 배를 홀딱 벗고, 그래

웃고, 그 우스운 놈이 벗은 채 와서, 웃고……

노파 (웃으며) 그 우스운 놈이, 벗은 채 와서, 웃고, 자루가, 쌀자루가, 배에 쌀이, 땅바닥에……

두사람 (함께 웃으며) 웃고…… 쌀이…… 벗은 채…… 와서…… 하하하…… 그 우스운 놈이…… 벗은 채…… 쌀이…… 와서 (두 사람은 귀를 기울인다.) 그 놈이…… 배를 벗은 채…… 쌀자루를…… (두 사람 차츰 진정된다.) 그놈이…… 와서…… 그놈이…… 와서……. 우리는…… 웃고……

노파 그러니까 그게 바로 그 파리였군요.

노인 그럼요.

노파 오! 정말, 당신, 정말, 대단해요. 정말이지, 뭐 더 중요한, 정말, 여기 대장 이상의 뭐가 될 수도 있었을 텐데.

노인 겸손해야죠…… 이 정도면 만족……

노파 혹시 소임을 저버리신 거 아녜요?

노인 (갑자기 울며) 저버려요? 소임을? 아! 엄마, 엄마, 어디 있어요? ……으흐흑, 난 고아예요. (신음한다.) 고아, 고아……

노파 내가 있잖아요. 걱정 마요.

노인 아녜요. 당신은 우리 엄마가 아녜요…… 고아예요, 고아. 난 아무도 없어요.

노파 내가 있잖아요……

노인 다르죠…… 난 엄마가 필요해요. 엄마가 아니잖아요.

노파 (노인을 쓰다듬으며) 에그, 불쌍해라. 자, 울지 마요.

노인 흑흑, 놔둬요. 흑흑, 다 망쳤어요. 힘들어요. 소임 때문에. 소임을 망쳤어요.

노파 진정해요.

노인 (애기처럼 입을 크게 벌리고 울면서) 난 고아야…… 고아.

노파 (노인을 위로하고 달래며) 아, 고아, 가슴이 찢어지는 것 같아요.

노파는 얼마 전에 다시 무릎에 앉은 노인을 흔들어 달랜다.

노인 (흐느끼며) 흑흑흑! 엄마. 어디 갔어? 엄마가 없어.

노파 지금은 내가 엄마예요. 당신 부인이니까.

노인 (약간 누그러지며) 아녜요. 난 고아예요. 흑흑.

노파 (계속 노인을 흔들며) 우리 애기. 우리 고아, 고아, 고아, 고아, 고아.

노인 (여전히 토라져서, 그러나 점점 더 누그러지며) 아니…… 싫어요. 싫다니까요.

노파 (나직이 노랫조로) 고아—라, 고아—레, 고아—리, 고아—로.

노인 싫어. 싫—어.

노파 (계속해서) 고아—라, 고아—레, 고아—리, 고아—로, 고아—루……

노인 흑흑흑. (코를 훌쩍이며, 차츰 진정된다.) 엄만 어디 갔죠?

노파 천당에서…… 보고 계시죠. 듣고 계시고. 꽃밭에서.

울지 마요. 엄마까지 우세요.

노인 거짓말…… 엄만 나 안 봐…… 듣지도 않고…… 난 고아야. 당신은 엄마가 아냐…….

노파 (노인은 거의 진정된다.) 자, 그만 진정해요…… 자, 할 수 있어요, 귀여운 우리 대장님…… 자, 눈물 닦고, 오늘 밤 손님들이 오셔서 그런 모습을 보면 안 되죠…… 망친 것도 없고, 잃은 것도 없어요. 다 얘기하세요. 다 설명하세요. 메시지 말예요…… 늘 말하겠다 그랬잖아요. 메시지를 위해 싸워야 한다면서……

노인 그래요. 메시지가 있죠, 사명감을 갖고 투쟁할. 인류에게 전달할 생각이 있어요. 인류를 향한 메시지가……

노파 인류를 향한 메시지! ……

노인 그래요, 그래……

노파 (노인의 코를 풀어주고 눈물을 닦아준다.) 자…… 이제 어른이에요. 장군이고, 대장부고……

노인 (노파의 무릎을 벗어나 흥분해서 종종걸음으로 돌아다니며) 난 다른 사람들하고 달라. 난 이상이 있어. 당신 말대로 난 천재야. 난 재주가 있어. 요령은 없지만. 난 여기 대장으로서 임무 수행을 잘했어. 이 방면에서 난 최고였어. 영예롭게도. 이 정도면……

노파 아니, 그걸론 부족해요. 당신은 다른 사람들하고 달라요. 당신은 훨씬 위대해요. 누구보다도 남들을 잘 납득시킬 수 있어요. 그런데 당신은 싸웠어요. 모든 친구들, 모든 감독들, 모든 장군들, 심지어 형제하고도요.

노인 난 잘못 없어요. 그놈이 뭐랬는지 알잖아요.

노파 뭐랬는데요?

노인 "동지들, 난 벼룩이 있소. 여러분을 방문해 방에 이 벼룩을 풀어주길 희망하오."

노파 그래도 신경 쓸 필요는 없었어요. 또 카렐한텐 왜 그렇게 화를 냈죠? 그이도 뭐 잘못 했어요?

노인 정말 화나게 하네요. 정말이오. 아, 당연히 잘못했죠. 어느 날 저녁 때 와서는 "행운을 빕니다. 행운의 단어를 드려야겠지만, 말로 안 하고 생각으로 하겠습니다." 이러곤 멍청하게 웃더라고요.

노파 착한 사람이에요. 당신은 너무 까다로워요.

노인 난 그런 농담 싫어해요.

노파 아님 당신은 최고 선장, 최고 가구장이, 최고 지휘자가 됐을 거예요.

긴 침묵. 그들은 한동안 의자에 꼼짝 않고 앉아 있다.

노인 (꿈을 꾸듯) 정원 맨 끝에…… 거기…… 거기…… 거기…… 거기 뭐가 있었죠?

노파 파리요.

노인 그 끝엔, 파리 맨 끝엔, 뭐가, 뭐가, 뭐가 있었죠?

노파 여보, 뭐가 있었죠? 누가 있었죠?

노인 멋진 장소, 날씨……

노파　그렇게 날씨가 좋았어요?

노인　거긴 생각이 잘 안 나서……

노파　너무 머리 썩이지 마세요……

노인　너무 멀어서 도저히…… 생각이…… 어디였죠? ……

노파　뭐가요?

노인　그 왜…… 그 왜…… 어디였죠? 누구였죠?

노파　상관없어요. 난 어디든 당신을 따를 거예요. 당신을요.

노인　아, 이렇게 표현이 힘드니…… 전부 말해야 되는데.

노파　그건 신성한 의무예요. 메시지를 발표 안 할 순 없어요. 당신은 그걸 공표해야 돼요. 다들 기다리고 있어요…… 온 세계가 당신만 기다리고 있다고요.

노인　그래요. 할게요.

노파　정말 결심했어요? 그래야죠.

노인　차나 들어요.

노파　당신, 의지만 있었으면 벌써 최고 변사가 됐을 텐데…… 여보, 자랑스러워요. 행복하고요. 마침내 모든 국가를 향해, 유럽과 모든 대륙을 향해 말씀하기로 결심하다니.

노인　아! 그런데 표현하기가 너무 힘들어. 너무 어려워.

노파　시작만 하면 쉬울 거예요. 살고 죽는 것처럼…… 결심만 확실하면 돼요. 말을 하면서 생각과 단어가 떠오르죠. 그 단어 중에 도시도 있고, 정원도 있고, 뭐든 다 찾아낼 수 있어요. 그러니 우린 고아가 아네요.

노인 난 말 안 할 거예요. 대신 직업 변사를 고용했어요. 나 대신 말하라고요.

노파 정말로 오늘 밤에요? 그럼 다 모이라 그랬어요? 지주들, 학자들, 전부 다?

노인 그럼요. 지주들, 학자들, 다.

침묵.

노파 수도원장들도요? 주교들도요? 화학자들도요? 철물장이들도요? 연주자들도요? 위원들도요? 의장들도요? 경찰들도요? 상인들도요? 건물들도요? 펜대들도요? 염색체들도요?

노인 그럼요. 또 우체부들, 숙박업자들, 예술가들, 약간만 학자들이거나 약간만 지주들인 사람까지 모두.

노파 은행가들도요?

노인 불렀어요.

노파 노동자들도요? 공무원들도요? 군인들도요? 혁명가들도요? 반동분자들도요? 정신과 의사들하고 그 환자들도요?

노인 그럼요. 다요, 다, 모두 다. 어차피 누구나 약간은 학자거나 약간은 지주잖아요.

노파 여보, 흥분하지 마세요. 답답하게 할 생각은 없지만, 그래도 다른 천재들처럼 담담하셔야 돼요. 중요한 모임이잖아요. 다들 와야 할 텐데. 다 오겠죠? 약속들은 했죠?

노인 차나 들어요.

침묵.

노파 교황하고 교회하고 교인들도요?[5)]

노인 초대했어요. (침묵) 난 메시지를 공표할 거예요…… 일생 난 숨이 막혔어요. 이제 다들 알게 되겠죠. 당신 덕분에, 변사 덕분에, 유일하게 날 이해하는 당신들 덕분에.

노파 여보, 당신이 자랑스러워요……

노인 모임이 곧 시작될 거예요.

노파 오늘 밤 정말 다 온단 말이죠? 그럼 이제 울지 마세요. 학자하고 지주들이 아빠 엄마 대신이 될 테니까. (침묵) 모임을 좀 미룰 순 없어요? 우리, 너무 피곤하지 않겠어요?

흥분이 더욱 고조된다. 이미 얼마 전부터 노인은 노인들 혹은 어린아이들처럼 불확실한 종종걸음으로 노파 주위를 돈다. 그러다 문 쪽으로 한두 발 갔다가 다시 와서 돌기도 한다.

---

5) 원문을 직역하면 "교황(Pape)하고 나비들(Papillons)하고 종이들(Papiers)도요?"가 되겠지만, 그것은 의미상으로는 말이 안 되는 상태에서 모두 '파(Pa)'라는 발음상의 공통점만을 지니고 있다. 따라서 '교'라는 음절을 연결 고리로 의역을 해보았는데, 이러한 부분은 공연을 준비하는 과정에서 더 좋은 표현을 찾게 되면 바꾸어도 무방할 것이다.

노인 정말 우리가 피곤해질 거 같아요?

노파 당신 감기 기운 있어요.

노인 그래도 어떻게 취소를 해요?

노파 다른 날 오라 그러면 되죠. 전화를 해서요.

노인 아니, 안 돼요. 늦었어요. 벌써들 배를 탔을 거예요.

노파 좀 더 신중하셨어야죠.

소형 선박이 물 위를 달리는 소리가 들린다.

노인 벌써 누가 오나 봐요…… (소음이 더 요란해진다.) 왔어요…….

노파 역시 일어나서 절뚝거리며 걷는다.

노파 변사일 거예요.

노인 변사는 이렇게 일찍 안 와요. 다른 사람일 거예요. (초인종 소리) 아이구!

노파 아이구!

노인과 노파는 흥분된 상태로 뒷무대 우측, 객석에서 안 보이는 문 쪽으로 간다. 다음 대사는 가면서 이루어진다.

노인 얼른요……

노파 머리도 엉망이고…… 잠깐만요…….

노파는 절뚝거리면서 머리와 옷을 가다듬고 붉은빛의 두꺼운 긴 양말을 끌어올린다.

노인 미리미리 했어야죠…… 시간도 많았는데.
노파 옷이 엉망이라서…… 낡고 구겨져서……
노인 다림질만 했어도…… 서둘러요. 기다리잖아요.

노인은 투덜거리는 노파와 함께 뒷무대 움푹 들어간 부분의 문으로 간다. 잠시 동안 객석에선 그들이 보이지 않는다. 문 여는 소리가 들리고 누군가 들어오게 한 후 다시 닫는 소리가 들린다.

노인의 목소리 안녕하십니까? 들어오십시오. 정말 반갑습니다. 여긴 제 첩니다.
노파의 목소리 안녕하세요? 뵙게 돼서 반갑습니다. 어, 모자 조심하세요. 그 핀을 빼는 게 편하실 텐데. 아이구, 거긴 앉는 데가 아녜요.
노인의 목소리 모피 코트는 여기, 도와드리죠. 아니, 괜찮을 겁니다.[6)]
노파의 목소리 어머, 옷이 정말 예쁘네요…… 삼색 블라우스에…… 과자 좀 드세요…… 안 뚱뚱하세요…… 아뇨…… 보기 좋은 정도세요…… 우산은 이리 놓으세요.

6) 모피 코트를 벗어 놓아도 손상이 가는 일 없이 안전할 것이라는 뜻이다.

노인의 목소리 자, 이쪽으로.
노인 (객석에 등을 보이며) 저야 그냥 평범한…….

노인과 노파는 동시에 돌아선다. 둘 사이는 손님 때문에 떨어져 있다. 손님은 보이지 않는다. 두 사람은 객석을 향한 채 앞무대로 나오며 보이지 않는 귀부인에게 말을 한다.

노인 (보이지 않는 귀부인에게) 날씨가 괜찮았습니까?
노파 (마찬가지로) 많이 피곤하시죠? ……그래도 조금은.
노인 (마찬가지로) 바닷가에선……
노파 (마찬가지로) 정말 고마운 말씀이세요.
노인 (마찬가지로) 의자 갖다 드릴게요.

노인은 왼쪽 6번 문으로 나간다.

노파 (마찬가지로) 잠깐 여기 앉으세요. (두 의자 중 한 의자를 가리키며 자신은 다른 의자, 즉 보이지 않는 귀부인의 오른쪽에 앉는다.) 더우시죠? (귀부인을 보고 미소 짓는다.) 부채 참 예쁘네요. 저희 남편도…… (노인이 의자를 가지고 7번 문으로 들어온다.) 이런 부채를 선물했었는데, 칠십삼 년 전에요…… 아직도 있어요…… (노인은 보이지 않는 귀부인 왼쪽에 의자를 놓는다.) 생일 선물로요…….

노인은 자신이 가져온 의자에 앉는다. 따라서 보이지 않는 귀부인은 가운데 끼어 있다. 노인은 귀부인 쪽으로 얼굴을 향한 채 미소 짓고, 머리를 끄덕이고, 부드럽게 손을 비비고 하면서 귀부인의 말에 응대하는 태도를 보인다. 노파도 같은 태도를 연기한다.

노인 삶이란 게 참 쉽지 않습니다.

노파 (귀부인에게) 정말 그래요…… (보이지 않는 귀부인이 말한다.) 글쎄 말예요. 좀 바뀔 때도 됐는데…… (어조를 바꾸어) 저 양반이 어떻게 하겠죠…… 말씀드릴 거예요.

노인 (노파에게) 조용히 해요. 아직은 아녜요. (귀부인에게) 죄송합니다, 괜히 궁금하시게 해서. (보이지 않는 부인은 반응한다.) 네, 그래도 조금만…….

노인과 노파 미소 짓는다. 또 소리 내어 웃는다. 그들은 보이지 않는 귀부인의 이야기에 아주 만족한 표정이다. 사이. 대화의 공백. 모두 무표정하다.

노인 (귀부인에게) 네, 맞는 말씀입니다……

노파 네, 맞아요……. 아, 아니죠.

노인 네, 그래요. 절대로.

노파 맞다고요?

노인 아아뇨.

노파 그럼 그렇지.

노인 (웃는다.) 말도 안 되죠.

노파 (웃는다.) 물론이죠. (노인에게) 정말 매력적이시죠?

노인 (노파에게) 홀딱 반했군요. (보이지 않는 귀부인에게) 축하드립니다……

노파 (귀부인에게) 요즘 젊은이들하고는 다르세요.

노인 (보이지 않는 귀부인이 떨어뜨린 보이지 않는 물건을 집으려고 애써 허리를 구부린다.) 놔두세요…… 괜찮습니다…… 제가 할게요…… 이런, 저보다 빠르시네요…….

노인 몸을 일으킨다.

노파 (노인에게) 나이가 있죠.

노인 (귀부인에게) 나이란 참 무거운 짐입니다. 영원히 이렇게 젊으시길 빌게요.

노파 (귀부인에게) 정말 진심에서 우러난 말일 거예요. (노인에게) 맞죠?

잠시 침묵. 노인과 노파는 객석에 옆얼굴을 보이는 자세로 귀부인을 쳐다보며 부드럽게 미소 짓는다. 그러고는 객석 쪽으로 고개를 돌렸다가 다시 귀부인을 쳐다보며 그녀의 미소에 역시 미소로 답한다. 그런 다음 그녀의 질문에 답한다.

노파 저희한테 신경을 쓰다니 정말 친절하세요.

노인 은퇴한 사람들한테요.

노파 인간 혐오는 아니고요, 저인 그냥 고독을 즐긴답니다.

노인 라디오도 듣고, 낚시도 합니다. 또 배편도 충분하고요.

노파 매주 일요일 두 번 있어요. 아침저녁으로요. 개인 보트는 빼더라도요.

노인 (귀부인에게) 날이 좋으면 달도 보이죠.

노파 (귀부인에게) 저인 여기 대장이에요…… 정말 열심이죠…… 좀 쉬어도 될 나인데.

노인 (귀부인에게) 죽으면 싫도록 쉬게 될 텐데요.

노파 (노인에게) 그런 얘기 말아요…… (귀부인에게) 십 년 전만 해도 가족들이나 친구들이 가끔 찾아왔는데……

노인 (귀부인에게) 겨울엔 난로 옆에서 좋은 책을 읽고, 인생을 추억하고……

노파 (귀부인에게) 평범하지만 알차게 살아요…… 하루 두 시간은 메시지를 준비하고요.

초인종 소리. 조금 전부터 보트 소리가 들렸다.

노파 (노인에게) 누가 왔나 봐요. 얼른 가보세요.

노인 (귀부인에게) 잠깐만요. 죄송합니다. (노파에게) 얼른 의자 좀 찾아와요.

노파 (귀부인에게) 잠깐만 실례할게요.

거센 초인종 소리.

노인 (오른쪽 문으로 비틀대며 급히 달려간다. 그동안 노파는 절뚝거리며 급하게 가려진 문 쪽으로 간다.) 꽤 높은 양반인가 봐요. (그는 급히 달려가 2번 문을 연다. 보이지 않는 대령이 들어온다. 아마 이때 엄숙하게 나팔 소리나 "대령님께 경례." 하는 구령이 들리는 것도 효과적일 것이다. 노인은 문을 열자마자 보이지 않는 대령을 알아보고는 경건하게 차려 자세를 취한다.) 어이구! ……대령님! (정확한 자세는 아니지만 어설프게 손을 들어 이마에 대며 경례를 한다.) 대령님, 안녕하십니까? ……정말 영광입니다…… 전…… 전…… 정말 기대도…… 못했는데…… 이렇게…… 오시다니…… 정말 기쁩니다. 이렇게 외딴 곳에, 대령님 같은 영웅께서…… (그는 보이지 않는 대령이 그에게 내민 보이지 않는 손을 잡는다. 그리고 격식을 차려 허리를 숙였다 일으킨다.) 물론 못 올 데를 오신 건 아니지만, 그래도 정말 자랑스럽습니다. 네, 그럼요…… 못 올 데라뇨…….

노파가 의자를 가지고 오른쪽에서 나타난다.

노파 어머! 멋진 제복에, 멋진 훈장! 여보, 누구예요?

노인 (노파에게) 대령님인지 보고도 몰라요?

노파 (노인에게) 어머나!

노인 (노파에게) 계급장을 봐요. (대령에게) 저쪽은 제 처입니다. (노파에게) 여보, 이리 와서 인사드려요. (노파는 한 손으로 의자를 끌면서 다가와 그대로 절을 한다. 대령에게) 제 첩니다. (노파에게) 대령님이셔.

노파 안녕하세요, 대령님? 잘 오셨어요. 이이 친구시죠? 이인 대장인데……

노인 (못마땅한 듯) 이 집, 이 집 대장…….

노파 (보이지 않는 대령은 노파의 손에 키스를 한다. 노파의 손이 대령의 입술 쪽으로 올라감으로써 그것을 알 수 있다. 노파는 감동해서 의자를 놓는다.) 어머, 대령님…… 역시 훌륭한 분이라, 뭐가 달라도…… (의자를 다시 들고 대령에게) 대령님 의자예요.

노인 (보이지 않는 대령에게) 자, 이리로…… (그들 앞무대로 나온다. 노파는 의자를 끈다. 대령에게) 네, 한 분이오.[7] 많이들 더 오실 거예요.

노파는 오른쪽에 의자를 놓는다.

노파 (대령에게) 앉으세요.

노인은 보이지 않는 두 사람을 서로 소개한다.

노인 여기 이 젊으신 부인은……

노파 아주 좋은 분이에요……

노인 (똑같은 연기로) 여기 대령님은…… 정말 훌륭한 군

7) 이미 와 있는 귀부인을 보며 하는 말인 듯하다.

인이세요.

노파 (대령에게 자기가 가져온 의자를 가리키며) 여기……

노인 (노파에게) 아니, 부인 옆에 앉고 싶어하시잖아요.

대령은 왼쪽에서 세 번째 의자에 앉는다. 보이지 않는 부인은 두 번째 의자에 앉은 것으로 추측된다. 보이지 않는 두 인물은 나란히 앉아 들리지 않는 대화를 교환한다. 노부부는 보이지 않는 손님 양쪽 의자 뒤에 서 있다. 노인은 귀부인 왼쪽에, 노파는 대령 오른쪽에.

노파 (두 손님의 대화를 듣고 있다가) 어머! 심하세요.

노인 (같은 연기로) 글쎄, 좀. (노인과 노파는 두 손님 머리 위에서 그들의 대화가 기분에 거슬리는 양 신호를 주고 받는다. 급하게.) 네, 대령님, 아직이오. 곧 오겠죠. 변사가 제 대신 말할 거예요. 제 메시지의 내용을 설명하고…… 대령님, 이 부인 남편께서 금방 오십니다.

노파 (노인에게) 이 양반 누구예요?

노인 (노파에게) 말했잖아요, 대령님이라고.

보이지는 않지만 외설적인 일들이 전개된다.

노파 (노인에게) 그건 나도 알아요.

노인 그런데 왜 물어요?

노파 궁금해서요. 대령님, 바닥에 꽁초 버리지 마세요.

노인 (대령에게) 대령님, 생각이 안 나는데, 저번 전쟁에서 졌던가요 이겼던가요?

노파 (보이지 않는 귀부인에게) 가만 계시면 안 돼요.

노인 아니, 뭐요? 엉터리 군인이오? 이래 봬도 한때 전쟁터에서……

노파 너무하세요. 점잖지 못하게. (보이지 않는 대령의 소매를 잡아끈다.) 저이 얘기나 들으세요. 여보, 어떻게 좀 해봐요.

노인 (급히 계속해서) 저 혼자서 209명을 죽였다고요. 도망친다고 까마득히 높은 데서 뛰어내렸거든요. 물론 파리 잡기보다 재미도 없고 숫자도 적었지만, 그래도 굳게 맘먹고 그놈들을…… 제발 그만 좀 하세요.

노파 (대령에게) 저인 절대 빈말 안 해요. 그래 둘 다 늙었지만 존경을 받는 거고요.

노인 (대령에게 격하게) 영웅도 예의를 지켜야 돼요. 정말 영웅이라면요.

노파 (대령에게) 오래 알고 지냈어도 이런 분인 줄은 정말 몰랐어요. (보트 소리가 들리는 동안 귀부인에게) 이런 분인 줄 정말 몰랐다니까요. 체면이 있고 자존심이 있지, 어떻게……

노인 (매우 떨리는 목소리로) 아직 무기 들 만한 힘은 있어요. (초인종 소리) 죄송합니다. 문 좀. (서투른 동작으로 보이지 않는 귀부인의 의자를 넘어뜨린다.) 아이구, 죄송합니다.

노파 (급히 달려가며) 안 다치셨어요? (노인과 노파는 보이지 않는 부인을 도와 일으킨다.) 이런, 옷이 먼지투성이에요.

노파는 귀부인을 도와 먼지를 턴다. 다시 초인종 소리가 들린다.

노인 정말 죄송합니다. (노파에게) 의자 좀 갖고 와요.
노파 (보이지 않는 두 손님에게) 잠깐만 실례할게요.

노인은 3번 문을 열러 가고, 노파는 의자를 가지러 5번 문으로 나갔다 8번 문으로 들어온다.

노인 (문 쪽으로 가면서) 정말 화나게 구는군. 못 참겠어. (문을 연다.) 어이구, 안녕하세요? 정말 믿어지지가 않습니다…… 감히 생각도 못했는데…… 정말이지…… 물론 생각이야 많이 했죠. 늘, 평생 동안. 소문난 미인이니까…… 남편이시군요…… 다들 그러던데요…… 정말 하나도 안 변했어요…… 아, 아니, 코가 좀 커졌나, 부었나…… 처음 볼 땐 몰랐는데, 지금 알았어요…… 많이 커졌네요…… 안됐군요. 일부러 그런 건 아닐 테고…… 어떻게 된 거죠? …… 조금씩 조금씩…… 죄송합니다, 선생님. 선생님이라고 불러도 괜찮죠? 부인하고 전부터 아는 사이라…… 코만 빼곤 그대로예요. 축하합니다. 두 분 사랑이 대단해 보이는데요. (노파가 8번 문으로 의자를 갖고 나타난다.) 여보, 두 분이니까 의자를 하나 더…… (노파는 원래 있던 의자 네 개 뒤에 의자를 놓고 8번 문으로 나갔다가 잠시 후 다른 의자를 가지고 5번 문으로 들어와 방금 놓은 의자 옆에 놓는다. 이때 노인은 보이지 않는 두 손님을 데리고 노파 가까이 간다.) 자, 이쪽으로. 먼저 오신 분들이에요. 소개할게요…… 여기 부인은…… 아, 아니, 여기 이 미인은, 다들 그렇게 불렀어요…… 지금은 이렇게 허리가 굽었지만…… 하지만 선생님, 부인께선 아직도 미인이세요. 안경을 썼지만, 그 밑으로 예쁜 눈이 있고, 머린 하얗지만, 그 속에 갈색하고 청색 머리가 있을 거예요…… 자, 이리로…… 뭡니까, 선생님? 선물이요? 제 처한테요? (의자를 갖고 온 노파에게) 여보, 미인이시지? ……(대령과 맨 처음에 온 보이지 않는 귀부인에게) 자, 최고의 미인과, 웃지 마세요…… 그 부군이십니다…… (노파에게) 내가 늘 얘기했던 그 소꿉친구고…… 그 부군이에요. (대령과 첫 번째 귀부인에게 새삼스레) 남편이세요……

노파 (절을 하며) 인상이 좋으세요. 점잖으시고. 안녕하세요? 안녕하세요? (새로 온 손님들에게 먼저 온 다른 두 손님을 가리키며) 네, 친구들이에요……

노인 (노파에게) 선물을 갖고 오셨어요.

노파 선물을 받는다.

노파　꽃이에요? 아님 요람? 아님 배나무? 아님 까마귀?

노인　(노파에게) 아뇨, 그림이잖아요.

노파　어머! 너무 예뻐요! 고맙습니다…… (보이지 않는 첫 번째 귀부인에게) 좀 보세요.

노인　(보이지 않는 대령에게) 좀 보세요.

노파　(미인의 남편에게) 의사 선생님, 전 구토, 발작에, 심장통, 신경통에, 발은 감각이 없고, 눈하고 손가락은 시리고, 간도 아파요……

노인　(노파에게) 이 분 의사 아녜요. 사진사예요.

노파　(첫 번째 귀부인에게) 다 보셨으면 이제 걸죠. (노인에게) 아무렴 어때요? 너무 멋쟁이라 홀딱 반했어요. (사진사에게) 괜한 인사치레가 아니고요……

노인과 노파는 의자 뒤에서 서로 거의 등이 닿을 만큼 가까이 있다. 노인은 미인에게, 노파는 사진사에게 말하다가, 이따금 고개를 돌려 처음 두 손님에게 대답하기도 한다.

노인　(미인에게) 가슴이 벅차요…… 이렇게 다시 만나다니…… 백년 전에 사랑하던…… 많이 변하셨네요…… 아니, 옛날 그대로예요…… 사랑했어요. 지금도요……

노파　(사진사에게) 어머, 선생님……

노인　(대령에게) 네, 저도 동감이에요.

노파　(사진사에게) 글쎄, 정말이래도요…… (첫 번째 귀부인에게) 직접 거셨네요. 고맙게도…… 번거롭게 해서 죄송합니다.

조명이 많이 밝아져 있다. 이처럼 보이지 않는 손님의 등장에 따라 점점 밝아질 것이다.

노인 (거의 울듯, 미인에게) 다 옛날 얘기네요.

노파 (사진사에게) 어머, 선생님…… 그럼요, 선생님……

노인 (첫 번째 귀부인을 가리키며 미인에게) 친구예요…… 예쁘죠?……

노파 (대령을 가리키며 사진사에게) 네, 기병 대령이에요…… 남편 동료요…… 부하죠. 저인 대장이니까……

노인 (미인에게) 옛날엔 귀가 그렇게 쫑긋하지 않으셨는데…… 생각나세요?

노파 (사진사에게 그로테스크한 애교를 떠는데, 장면 진행에 따라 점점 심해진다. 그녀는 붉은색 양말을 내보이고, 여러 겹의 스커트 자락을 들어 보이고, 구멍 투성이의 속치마를 보여주고, 늙은 젖가슴을 헤쳐 보인다. 그리고 손을 허리에 댄 채 에로틱한 비명을 내면서 머리를 뒤로 젖히고 두 다리를 벌린 채 골반을 앞으로 내민다. 그리고 늙은 창녀처럼 웃는다. 이것은 노파의 이전이나 이후 모습과는 판이한 연기로서, 노파 내면에 감춰졌던 면을 드러낸다. 노파, 갑자기 중단한다.) 늙어빠진 게 무슨…… 그렇죠?

노인 (미인에게 아주 로맨틱하게) 젊었을 땐 달도 살아 있었죠. 아, 정말, 어린 시절로 돌아갈 수 있다면. 잃어버린 시절을 되찾을 수 있다면…… 다시 한번…… 다시 한번…… 아, 안 되겠죠. 세월이 기차처럼 빠르니. 얼굴엔 철도 자국만 남고. 성형수술을 믿으세요? (대령에게) 전 군인입니다. 대령님도요. 군인은 늘 젊죠. 장군들은 신 같고…… (미인에게) 정말 그랬어요. 하지만…… 우린 모든 걸 잃었어요. 행복할 수도 있었는데. 행복할 수도, 눈밭에 꽃이 필 수도 있었는데.

노파 (사진사에게) 거짓말! 호호호! 젊어 뵌다고요? 요런 사기꾼! 재밌는 분이셔.

노인 (미인에게) 저의 이졸데가 돼주시겠어요? 전 트리스탄이 되고. 가슴 깊이 아름다움을 품고…… 기쁨도, 아름다움도, 영원도…… 하지만 미온적이었어요. 적극성이 없었어요…… 그래 모든 걸 잃었어요. 모든 걸.

노파 (사진사에게) 어, 안 돼요. 어머나! 온몸이 떨려요. 선생님도 떨리시죠? 나만 그런가? 그래요? 아이, 창피해요…… (웃는다.) 제 속치마 어때요? 치마는요?

노인 (미인에게) 대장 노릇도 한심해요.

노파 (눈에 보이지 않는 첫 번째 귀부인 쪽으로 머리를 돌리며) 중국 순면[8]을 어떻게 만드냐고요? 황소 알 하

8) 프랑스어로 'crêpes de Chine'는 비단의 한 종류인데, 단어로 분리하여 직역하면 '중국의 크레프 빵'이 된다. 즉 직물 이름이면서 얼핏 음식 이름으로 들리는 어휘가 필요하다. 그래서 '중국 순면'이라는 가공

나, 버터 한 숟갈, 위액 약간이오. (사진사에게) 손가락이 어쩜…… 이렇게…… 오오오!

노인 (미인에게) 제 처가 어머니인 셈이죠. (대령 쪽을 향해) 글쎄, 대령님, 진리란 게, 찾으면 거기 있는 거래도요.

노인은 다시 미인 쪽으로 향한다.

노파 (사진사에게) 정말, 정말 아일 가질 수 있다고요? 나이에 상관없이, 아무 때나요?

노인 (미인에게) 그나마 살 수 있었던 건, 내적인 삶, 조용한 집, 엄격함, 학문 탐구, 철학, 메시지 준비……

노파 (사진사에게) 전 남편을 속인 적이 없어요…… 그만해요. 떨어지겠어요[9]…… 전 그이한테 엄마예요. (흐느낀다.) 엄마의 엄마의 엄마. (그를 밀어낸다.) 어머니의 어머니의…… 어머니. 이건 양심의 외침이에요. 제 가지는 꺾였어요. 다른 길을 찾으세요. 전 인생의 장미꽃 안 딸래요……

노인 (미인에게) 엄격한 질서에 대한 집착……

의 단어를 선택하였는데, 역시 더 좋은 표현이 있으면 교체해도 무방하다.

9) 사진사의 과한 행동 때문에 의자에서 바닥으로 떨어지겠다는 의미이다. 따라서 "그만 해요." 전에 떨어질 뻔하는 노파의 마임이 예상된다.

노인과 노파는 먼저 온 보이지 않는 두 손님 곁으로 미인과 사진사를 데리고 가 앉힌다.

노인과 노파 (사진사와 미인에게) 앉으세요. 앉으세요.

빈 의자 네 개를 사이에 두고 노인은 왼쪽에 노파는 오른쪽에 앉는다. 긴 침묵 장면. 때때로 "아뇨", "네", "아뇨", "네" 등의 대사만[10] 들릴 뿐이다. 두 노인은 보이지 않는 사람들의 이야기를 듣는다.

노파 (사진사에게) 아들이 하나 있었는데…… 물론 살아 있죠…… 떠났어요…… 흔한…… 아니, 웃기는 일이죠…… 제 부모를 버렸어요…… 참 착했는데…… 오래 됐어요…… 그렇게 사랑했는데…… 문을 박차고…… 남편과 제가 잡아보려고 했지만…… 일곱 살이니까 철이 들 나이죠. 소리를 질렀지만, 얘, 얘, 얘, 얘…… 고개도 안 돌리고……

노인 아, 아뇨…… 아뇨…… 애가 없었어요…… 아들을 원했지만…… 저 사람도요…… 그래 온갖 노력을 다 했지만…… 저 사람 워낙 모성애가 강해요. 괜한 짓이었죠. 제가 빈 껍데기였어요…… 아! ……고통과 회한과 후회, 남은 건…… 그것뿐……

---

10) "네"와 "아뇨"는 처음에는 느린 가락으로 시작하여 점점 가속된다. 두 노인의 머리가 그 박자에 따라 가볍게 흔들린다.(원주)

노파 걔가 그랬어요. "새를 죽였죠? 왜 죽였죠?" ……우린 새 안 죽였어요…… 파리 한 마리도 못 죽였어요…… 걘 눈물을 뚝뚝 흘렸어요. 닦아주지도 못했어요. 가까이 못 오게 해서요. "아니, 새를 다 죽였어요. 다요." ……작은 주먹을 휘둘러가며…… "거짓말. 길이 죽은 새로 가득해요. 죽어가는 애들로. 새 노랫소리로…… 아니, 신음 소리로. 하늘은 핏빛이고…… " "아냐. 푸른빛이야." ……걘 외쳤어요. "날 속였어. 좋아했는데. 좋은 부몬 줄 알았는데…… 길이 죽은 새로 가득해. 눈을 파서 죽인…… 엄마 아빠 나빠…… 난 집 나갈 거야." ……전 무릎에 매달리고…… 걔 아빤 울고. 하지만 붙잡지 못했어요…… 걘 악을 썼어요. "엄마 아빠 책임이야." ……책임이라니요? ……

노인 전 어머니 혼자 개천에서 죽게 놔뒀어요. 어머닌 힘없는 신음으로 절 불렀어요. "얘야, 얘야, 나 혼자 죽게 놔두지 마…… 나랑 같이 있어. 난 얼마 못 살아." "걱정 마세요. 금방 올게요." ……바빴거든요. 춤추러 가느라. 갔다 금방 왔는데, 벌써 돌아가셔서, 땅속 깊이…… 땅을 파고 찾았지만…… 못 찾았어요…… 물론 아들은 으레 어머니를 버리죠. 알아요. 아버지를 죽이고요…… 그게 인생이에요…… 하지만 전 괴로워요…… 남들은 안 그런데……

노파 걘 외쳤어요. "엄마, 아빠, 다신 안 만날 거야……"

노인 네, 전 괴로워요. 남들은 안 그런데……

노파 저이한텐 얘기 마세요. 저인 부모님을 사랑했어요. 부모 곁을 잠시도 안 떠나면서, 정말 극진했죠…… 그래 저이 품에서 돌아가실 때 이러셨어요. "넌 정말 훌륭한 아들이다. 신의 축복이 있을 거다."

노인 아직도 개천가에 누운 어머니가 보여요. 은방울꽃을 손에 쥔 채 외치시던. "날 잊지 마, 잊지 마……." 그러곤 눈물을 글썽이면서, 어릴 때 별명을 불렀죠. "아이구, 우리 강아지, 나 혼자 여기 놔두지 마."

노파 (사진사에게) 갠 편지 한 장 안 썼어요. 가끔 걜 만났다는 친구한테서 들었죠. 잘 지낸다는 소식, 훌륭한 남편이 됐다는 소식……

노인 (미인에게) 돌아오니까 어머닌 벌써 오래전에 땅에 묻히셨더군요. (첫 번째 귀부인에게) 아뇨, 있습니다. 영화관, 식당, 목욕탕, 다 있어요.

노파 (대령에게) 그럼요, 대령님, 그러니까……

노인 정말 그렇대도요.

대화가 서로 엉킨다.

노파 그러니까.

노인 그러니까…… 왜 남 말하는데…… 꼭 이렇게……

노파 (엉망이 된 대화에 맥이 빠져) 내가 언제……

노인 각자 상대가 있잖아요.

노파 무슨 상대요?

노인 얘기 상대.

노파 이 분이오, 저 분이오?

노인 둘 다.

노파 그럼 난요…… 말해요.

노인 싫어요.

노파 왜요?

노인 그냥.

노파 그럼 난요?

노인 그러니까.

노파 그러니까.

노인 (첫 번째 귀부인에게) 죄송하지만, 뭐라셨죠?

얼마간 두 노인은 의자에 꼼짝 않고 앉아 있다. 이윽고 다시 초인종 소리가 들린다.

노인 (예민해져서, 앞으로 더욱 그럴 것이다.) 왔어요. 또 왔어요. 또요.

노파 보트 소리가 들리더니……

노인 내가 열게요. 의자나 갖고 와요. 잠깐 실례하겠습니다.

노인은 7번 문으로 간다.

노파 (이미 와 있는 보이지 않는 사람들에게) 죄송하지만, 잠깐만 일어나 주세요. 변사가 곧 올 거예요. 강연 듣게 방 정리 좀 해야겠어요. (노파는 의자를 객석을 등지게 돌려놓는다.) 네, 좀 도와주세요. 고맙습니다.

노인 (7번 문을 연다.) 안녕하십니까? 자, 들어들 오십시오.

보이지 않는 서너 명의 손님은 대단히 키가 큰 듯, 노인은 발끝으로 서서 악수한다. 노파는 의자를 정리한 뒤 노인에게 간다.

노인 (소개하며) 제 첩니다…… 제 첩니다…… 제 첩니다……[11)]

노파 여보, 다 누구세요?

노인 (노파에게) 의자나 찾아 와요.

노파 나 혼자 어떻게요?

노파는 투덜대면서 6번 문으로 나갔다 7번 문으로 들어올 것이다. 그동안 노인은 새로 온 손님들을 앞무대로 인도한다.

노인 조심하세요, 카메라 안 떨어지게…… (또 소개한다.) 자, 여러분, 기자 분들입니다.[12)] 역시 곧 있을 강연 때문에들 오신 겁니다…… 조금만 참으세요…… 답답하시겠지만…… 다 오셔야…… (노파가 7번 문으로 의자 두 개를 갖고 나타난다.) 거, 빨리 좀 해요……

---

11) 서너 명의 남녀 손님 각각에게 노파를 소개하는 상황이다.

12) 원문에서는 대령과 귀부인, 미인, 사진사를 각각 호명한 뒤 한꺼번에 소개하고 있다. 그러나 우리말 호칭으로 사용하기에는 아무래도 어색하다고 판단하여 한꺼번에 처리했다.

하나 더요.

노파는 계속 투덜대며 3번 문으로 나갔다 의자 하나를 들고 8번 문으로 나타날 것이다.

노파 자, 여기요…… 힘껏 하고 있어요…… 난 기계가 아녜요…… 이분들 다 누구죠?

노파 나간다.

노인 자, 다들 앉으십시오. 숙녀는 숙녀끼리, 신사는 신사끼리, 아님, 그 반대로…… 그런 의자뿐입니다…… 집에서 만든 거라…… 죄송합니다…… 거기 가운데 앉으세요…… 만년필이오? ……'마이요'에 전화하면 '모니크'를 줄 겁니다…… 운이 좋으면 '클로드'도요…… 라디오는 없습니다…… 신문은 다 보고요…… 신경 쓸 게 많습니다. 여길 관리하자면. 직원도 없이요…… 절약을 해야죠…… 인터뷰는 제발, 나중에…… 나중에요…… 의자 금방 옵니다…… 도대체 뭐 하느라…… (노파가 8번 문으로 의자를 갖고 나타난다.) 거, 빨리 좀……

노파 힘껏 하고 있대도요…… 이분들 다 누구예요?

노인 나중에 설명할게요.

노파 저기, 저 여잔요?

노인 걱정 말아요. (대령에게) 대령님, 기자도 군인이나 비숫한 직업입니다…… (노파에게) 당신은 여자 분들 좀 돌봐줘요…… (초인종 소리가 들린다. 노인은 8번 문으로 서둘러 간다.) 잠깐만요…… (노파에게) 의자요.

노파 여러분, 죄송합니다…….

노파는 3번 문으로 나갔다 2번 문으로 들어온다. 노인은 가려진 9번 문을 열러 간다. 그래서 노파가 3번 문을 통해 다시 나타났을 때 노인은 안 보인다.

노인 (안 보이는 상태로) 네, 들어오세요…… 네…… 네…… 네…… (자기 뒤로 눈에 보이지 않는 여러 사람을 이끌고 나타난다. 그중 아주 작은 어린애의 손을 잡고 있다.) 이런 강연장에 애들을 데려오다니…… 지겨워할 텐데…… 울거나 여자들 옷에 오줌이라도 싸면, 볼 만하겠군. (그들을 중앙으로 인도한다. 노파가 의자 두 개를 갖고 온다.) 제 첩니다. 여보, 여긴 애들이고.

노파 안녕하세요? ……아이구, 얌전도 하지.

노인 얘가 제일 꼬마예요.

노파 아이, 예뻐라…… 정말 귀엽네.

노인 의자가 모자라요.

노파 어머나! 이런…….

노파는 다른 의자를 찾으러 나간다. 이제부터는 들어오고 나가는 데 2번 문과 3번 문을 사용할 것이다.

노인 걘 무릎에 앉히세요…… 쌍둥인 한 의자에 앉혀도 될 겁니다. 조심하세요. 아주 약해요…… 집에서 만든 거라. 물론 주인 거죠. 그래, 얘들아, 덤벼들 거다. 성격이 못됐거든…… 우리한테 팔고 싶어했지만, 이런 걸 누가 사? (노파가 의자 하나를 들고 최대한 빨리 들어온다.) 서로들 모르시죠? ……처음 만나셨으니…… 이름은 서로들 아실 텐데…… (노파에게) 여보, 좀 도와줘요, 인사들 좀 하시게……

노파 이분들 다 누구신데요? ……자, 인사하세요. 자, 인사하세요…… 누구시냐고요?

노인 자, 인사들 하십시오…… 자, 인사하세요…… 자, 인사하세요…… 자, 인사하세요…… 인사하세요…… 인사…… 인사……

노파 (노인에게) 여보, 당신 스웨터 입었어요? (보이지 않는 손님들에게) 자, 인사하세요. 인사. 인사……

다시 초인종 소리.

노인 왔어요.

또 다시 초인종 소리.

노파 또 왔어요.

다시 초인종이 울리고, 또 울리고, 또 울린다. 노인은 정신을 못 차린다. 의자는 객석을 등지고 연단을 향하여 마치 객석처럼 한 줄씩 질서 있게 늘어간다. 노인은 숨을 헐떡이며 이마의 땀을 닦아가며 이 문 저 문을 오가며 보이지 않는 손님들을 안내한다. 그동안 노파는 절뚝거리며 무리할 정도로 빨리 이 문 저 문을 들락거리며 의자를 찾아온다. 이제 무대에는 굉장한 수의 손님들이 있는 듯, 두 노인은 손님들과 충돌하지 않으려고 조심하며 의자 사이로 걸어다닌다. 그 움직임은 다음과 같다. 노인이 4번 문으로 간다. 노파는 3번 문으로 나갔다 2번 문으로 들어온다. 노인은 7번 문을 열러 가고, 노파는 8번 문으로 나갔다 6번 문으로 의자를 갖고 들어온다…… 이렇게 무대 전체를 돌며 모든 문을 이용한다.

노파 죄송합니다…… 죄송합니다…… 저기…… 고마워요…… 죄송합니다…… 미안해요……

노인 네, 어서들 오세요…… 네, 들어들 가세요…… 네, 인사들 하세요…… 네……

노파 (의자를 나르며) 아휴…… 아휴…… 너무…… 정말 너무…… 너무 많아요. 아휴.

보트 소리가 점점 크고 가까이 들린다. 모든 소음은 무대 뒤에서 난다. 노파와 노인은 앞서 설명했듯 계속 움직인다. 문을 열고 의자를 가져오고. 계속 초인종이 울린다.

노인 탁자는 치웁시다.[13] (탁자를 치우거나, 속도를 늦추지 않기 위해 노파의 도움을 받아가며 치우는 시늉만 낸다.) 자리가 비좁아서, 죄송합니다……

노파 (탁자를 치우는 시늉을 하며 노인에게) 스웨터 입었냐고요?

초인종 소리.

노인 왔어요. 의자요. 왔어요. 의자. 어서들 오세요…… 여보, 얼른…… 금방 도와줄게요……

노파 죄송합니다…… 죄송해요…… 안녕하세요? …… 네…… 안녕하세요? ……안녕하세요? ……네, 네, 의자요…….

노인 (초인종 소리가 점점 강해지고, 아주 가까운 선착장에 닿는 보트 소음이 점점 잦아진다. 두 노인은 의자에 얽힌 채 너무 자주 울리는 초인종에 이 문 저 문 오가기도 바쁘다.) 네, 나가요…… 당신, 스웨터 입었어요? 네…… 잠깐만요. 네…… 나가요……

노파 당신 스웨터요, 내 스웨터요? ……죄송합니다. 죄송합니다.

노인 자, 이리로…… 죄송합니다…… 이리…… 들어오세요…… 이리로…… 의자 좀…… 아니, 이리로…… 저, 누구신지?……

---

13) 실제 공연에서는 이 대사를 삭제했다. 더불어 당연히 다음의 지문도 삭제되었다. (원주)

한참 동안 더 많은 얘기. 계속되는 파도 소리, 보트 소리, 초인종 소리. 움직임이 최고조에 달한다. 이제 문들은 쉴 새 없이 저절로 열렸다 닫혔다 한다. 뒷무대 큰 문만 그냥 닫혀 있다. 두 노인은 말없이 마치 롤러스케이트를 타듯 이 문 저 문을 오간다. 노인은 손님들을 맞이하고, 그들을 안내하지만, 시간이 없어서, 멀리는 못 가고, 한두 걸음 따라가며 손가락으로 자리만 가리키는 식이다. 노파는 의자를 나르는데, 노인과 서로 한두 번 마주치고 부딪치지만, 누구의 동작도 끊기지는 않는다. 이윽고 노인은 뒷무대 중앙 거의 한 장소에서 이 문 저 문을 향하여, 왼쪽에서 오른쪽으로, 오른쪽에서 왼쪽으로 돌며, 손으로 자리를 지정해 준다. 팔이 대단히 빨리 움직인다. 결국 노파도 멈춰서 의자 하나를 가지고, 그것을 놓았다 들었다 다시 놓았다 하는데, 역시 이 문 저 문을 오가듯, 머리와 목을 오른쪽에서 왼쪽으로, 또 왼쪽에서 오른쪽으로 대단히 빨리 돌린다. 두 노인의 동작은 거의 한 자리에서 이루어질 때도, 손과 가슴과 머리와 눈이 작은 원을 그리며 동요하여 멈춤이 없는 듯 느껴져야 한다. 이윽고 움직임이 서서히 약화된다. 초인종 소리가 약해지며 빈도도 낮아지고, 문도 점점 천천히 열리고, 노인들의 동작도 차츰 느려진다. 문들이 열리고 닫히는 게 멈추고, 초인종 소리도 멈출 때가 되면 무대가 꽉 찬 느낌이 든다.[14)]

---

14) 무대로 들여올 의자의 숫자는 매우 중요한데, 최소한 40개, 가능하다면 그 이상이 좋겠다. 그 속도는 매우 빨라야 하며 점점 가속되어야 한다. 결국 무대는 이 부재의 존재들로 넘쳐나게 될 것이다. 바로 이러한 속도와 템포 때문에 노파는 젊은 배우가 맡는 것이 좋다. 실제로

노인 의자요? ……잠깐만요…… 여보, 거 빨리 좀……

노파 (빈손으로 큰 몸짓을 하며) 다 떨어졌어요. (만원이 되어 모든 문이 닫힌 실내에서 갑자기 보이지 않는 프로그램을 팔기 시작한다.) 프로그램입니다. 프로그램 필요한 분. 프로그램이오.

노인 여러분, 좀 조용히 해주세요…… 오신 순서대로…… 다 앉게 해드릴게요. 걱정 마세요.

노파 프로그램 사세요. 잠깐만요. 한꺼번에 다 드릴 순 없잖아요. 손이 몇십 개도 아니고…… 손님, 죄송하

파리(칠라 셀톤 연출)에서도 그랬고, 런던과 뉴욕(존 플로라이트 연출)에서도 그랬다. 사실 이 일은 거의 곡예에 가까울 정도로 어렵다. 마지막에 의자가 뒷무대에 나타날 수도 있다. 또 조명에 의해 노인 부부의 작은 공간이 마치 성당 내부처럼 넓게 보일 수도 있다. 자크 모클레르 연출 시 자크 노엘의 무대 장치가 그랬다. 노파의 대사가 노인의 대사 마지막 부분을 반복할 때 크게 증폭되거나, 운율에 맞춰 낭독하는 듯해야 한다. 어느 순간부터 의자는 고정된 인물(귀부인, 대령, 미인, 사진사) 대신 군중을 나타내게 된다. 결국 의자 스스로 연기를 하는 셈이다. 그래서 연출자에게 노파가 마지막 얼마 동안은 말없이 미친 듯 의자를 운반하도록 하라고 주문하는 것이다. 그동안 초인종 소리는 끊임없이 울릴 것이고, 노인은 앞무대에서 손님들에게 인사하기 위하여 마치 꼭두각시처럼 빠른 속도로 몸을 숙이고 고개를 좌우로 돌릴 것이다. 추가로 별도의 노파 한 명을 생각할 수도 있다. 물론 윤곽이 원래 노파와 비슷해야 하고, 등을 돌린 채 들어왔다 등을 돌린 채 나가야 할 것인데, 원래 노파가 한쪽 문으로 나감과 동시에 다른 문으로 들어옴으로써 대단한 속도로 도처에서 의자가 들어온다는 느낌을 주면 되므로, 한두 번이면 충분하다. 이렇게 한쪽에서 들어옴과 동시에 다른 쪽으로 나가거나 그 반대의 방법으로 속도감을 만들어내는 것은 충분히 가능할 것이다.(원주)

지만 옆의 여자 분한테 이 프로그램 좀 전해 주시겠어요. 고맙습니다…… 잔돈이오, 잔돈……

노인 글쎄, 자리 해드린대도요. 화내지 마세요. 이리로, 이리로, 네, 거기요. 조심하세요…… 아, 네…… 네……

노파 프로그램…… 그램 사세요…… 그램……

노인 네, 저기서 프로그램 팔고 있어요…… 직업에 귀천이 있나요? ……네, 제 첩니다…… 보이시죠? …… 둘째 줄에 한 자리 있네요…… 오른쪽…… 아니, 왼쪽이오…… 네, 거기요……

노파 그램…… 그램…… 프로그램…… 프로그램 사세요.

노인 그럼 어떡합니까? 최선을 다하고 있습니다. (앉아 있는 보이지 않는 손님들에게) 죄송하지만, 조금씩만 밀착해 주세요…… 조금만 더…… 네, 저기 앉으세요…… 앉으세요. (군중들에게 밀려 연단으로 올라간다.) 여러분, 대단히 죄송합니다. 이제 도저히 앉을 자리가……

노파 (노인의 맞은편, 즉 3번 문과 창문 사이에서) 프로그램 사세요…… 프로그램이오. 초코 아이스크림이오. 캐러멜이오…… 사탕이오…… (군중들 틈에 끼어 꼼짝 못하며 보이지 않는 손님들 머리 위로 되는 대로 프로그램과 사탕을 던진다.) 여기요. 여기요.

노인 (매우 흥분된 상태로 연단 위에 서 있다 밀려 내려오고, 다시 올라갔다 내려오며, 남의 얼굴을 치기도 하고 남의 팔꿈치에 맞기도 한다.) 죄송합니다…… 아이구,

죄송합니다…… 조심하세요…….

떠밀려서 비틀거리다 간신히 남의 어깨를 붙잡는다.

노파 아휴, 웬 사람들이람? 프로그램이오. 프로그램 사세요. 초코 아이스크림이오.

노인 여러분, 잠깐만 조용히 해주십시오…… 잠깐만요…… 잘 들으십시오…… 자리가 없으신 분들은 길 막지 마세요…… 네…… 의자 사이 안 됩니다.

노파 (노인에게, 거의 악을 쓰며) 여보, 이분들 다 누구예요? 뭐 하러 왔냐고요?

노인 여러분, 길 좀 내주세요. 자리가 없으신 분들은 벽쪽으로 서세요. 그게 서로 편합니다. 왼쪽, 오른쪽, 다 괜찮아요…… 다 잘 들리고, 잘 보이니까 걱정마세요. 다 좋은 자립니다.

소란스러운 대이동. 노인은 군중에 밀려 무대를 거의 한 바퀴 돌아 오른쪽 창문 옆 걸상 근처에 이른다. 노파 역시 반대 방향으로 돌아 왼쪽 창문 옆 걸상 근처에 이른다.

노인 (지시된 동작을 하며) 밀지 마세요. 밀지 좀 마세요.

노파 (같은 동작) 밀지 마세요. 밀지 좀 마세요.

노인 (같은 동작) 밀지 마요. 밀지 좀 마요.

노파 (같은 동작) 밀지 마세요. 정말 밀지 좀 마세요.

노인 (같은 동작) 조용히…… 제발, 좀…… 조용히…… 도대체……

노파 (같은 동작) 도대체 왜들 이러세요, 미개인처럼?

드디어 각각의 창문 옆 정해진 위치에 도착한다. 노인은 연단 왼쪽 창문 옆 걸상 근처에, 노파는 연단 오른쪽 그 위치에. 이 위치는 마지막까지 유지될 것이다.

노파 (노인을 부른다.) 여보…… 안 보여요…… 어디 있어요? 이분들 다 누구예요? 왜 왔냐고요? 이 분은 누구죠?

노인 여보, 어디 있어요? 어디요?

노파 여보, 어디 있어요?

노인 여기, 창문 옆에요…… 내 말 들려요?

노파 네, 들려요…… 사람이 많지만…… 그래도 들려요……

노인 당신은 어디 있어요?

노파 나도 창문 옆에요…… 여보, 무서워요. 사람이 너무 많아서…… 당신하고 너무 멀어요…… 우리 나이엔 조심해야죠…… 서로 잃어버리지 않게…… 붙어 있어야 되는데, 여보, 여보……

노인 아!…… 당신 찾았어요…… 금방 만날 거니까 걱정 마요…… 다 친구들이에요. (친구들에게) 정말 반갑습니다……[15] 그럼요, 전 진보를 믿습니다. 물론 순

15) 원문을 직역하면 "당신과 악수를 하게 되어 기쁩니다." 정도가 되므로 악수 동작이 필요할 것이다.

조롭진 않겠지만 꾸준히……

노파　안녕하세요? ……날씨도 참! 날씨 참 좋죠? (혼잣말로) 그래도 무서워…… 어떡하지? ……(외친다.) 여보! 여보!……

각각 자기 쪽에서 손님들에게 이야기한다.

노인　인간 사이의 착취를 막으려면, 돈이 필요합니다. 돈, 돈이오.

노파　여보! (친구들에게 둘러싸여) 네, 저기 우리 남편이 책임자예요…… 저기요…… 아뇨, 못 가세요…… 여길 가로질러야 되는데, 저렇게 둘러싸고 있어서……

노인　당연히 아니죠…… 여러 번 말했지만…… 순수한 논리란 건 없어요…… 다 모조품이에요……

노파　팔자 좋은 사람들이 있죠. 아침은 비행기에서 먹고, 점심은 기차에서 먹고, 저녁은 배에서 먹는 사람들이오. 밤에는 달리는 트럭에서 잠을 자고요.

노인　인간의 존엄성 말씀인가요? 우선 앞에 보이는 거부터 해야죠. 다 연결돼 있는 거니까.

노파　왜 자꾸 어두운 데로 숨으세요?

노파는 대화 중에 웃음을 터트린다.

노인　선생님 동향 분들이 그러던데요.

노파　그럼요…… 다 말씀하세요.

노인　제가 여러분들을 초대한 건…… 개인과 인간에 대해…… 개인과 인간은 모두 하나며 동일하다는 설명을 드리기 위해섭니다.

노파　왠지 불안해 보이죠. 우리한테 빚을 많이 졌거든요.

노인　저도 제가 아닙니다. 저도 타인입니다. 타인 중 하나요.

노파　얘들아, 서로들 경계해야 돼.

노인　전 가끔 완전한 고요 속에 깨어납니다. 부족한 게 없는 완벽한 천체. 하지만 조심해야죠. 형태가 갑자기 없어질 수도 있으니까. 빠져나갈 구멍이 많거든요.

노파　유령이고 귀신이고 그런 건 없어요…… 우리 남편, 정말 중요한 일 하는 거예요.

노인　죄송합니다…… 제 생각은 다릅니다…… 때가 되면 이해하실 겁니다…… 지금은 말 안 하겠습니다…… 변사가 오면 제 대신 말할 겁니다…… 속 시원히 풀어줄 겁니다…… 언제요? ……때가 되면…… 금방이오……

노파　(자기 쪽에서 친구들에게) 빠를수록 좋죠……. 그럼요…… (혼잣말로) 한시도 조용히 안 놔두겠지. 이제 그만들 가지 좀…… 이 양반은 어디 있지? 안 보이네……

노인　(노파와 같은 동작) 너무 조급해하지 마세요. 메시지, 금방 듣게 됩니다.

노파　(혼잣말로) 아! ……이 양반 목소리네…… (친구들에게) 저 양반은요, 아직 제대로 인정받은 적이 없어요. 하지만 이제 때가 왔어요.

노인 제겐 풍부한 경험이 있습니다. 인생과 사상, 모든 영역에 걸쳐서…… 하지만 이기주의자가 아니니까, 전 인류에 그걸 나눠주려는 거죠.

노파 아야! 발을 밟으셨어요…… 동상 걸린 발을.

노인 모든 걸 체계적으로 정리했어요. (혼잣말로) 변사 올 때가 지났는데. (큰 소리로) 정말 고생 많았죠.

노파 정말 고생 많았어요. (혼잣말로) 변사 올 때가 지났는데. 올 시간.

노인 고생도 많았지만, 배운 것도 많았어요.

노파 (메아리처럼) 고생도 많았지만, 배운 것도 많았어요.

노인 보면 아시겠지만 체계가 완벽해요.

노파 (메아리처럼) 보면 아시겠지만 체계가 완벽해요.

노인 교육만 잘 받으면……

노파 (메아리로) 교육만 잘 받으면……

노인 세계를 구하고……

노파 (메아리로) 세계를 구하고, 제 영혼도 구하는……

노인 전 인류의 유일한 진리!

노파 (메아리로) 전 인류의 유일한 진리!

노인 나를 따르시오!

노파 (메아리로) 따르시오![16]

---

16) 원문상으로는 남편의 "나를 따르시오."에 부인이 "그를 따르시오." 하고 반복하나, '그'라는 인칭 대명사가 거북하여 나머지 부분만 반복하도록 하였다. 이러한 상황은 앞뒤 몇몇 대사에도 해당된다.

노인 나는 절대로 확신하니……

노파 (메아리로) 절대로 확신하니……

노인 결코……

노파 (메아리로) 정말로 결코……

갑자기 무대 뒤에서 팡파르와 소음이 들린다.

노파 무슨 일이죠?

소음이 점점 커지고, 뒷무대의 문이 쾅 하면서 활짝 열린다. 열린 문으로는 텅 빈 공간뿐 아무것도 안 보인다. 그러나 그 문과 창문들을 통해 거대하고 강한 빛이 무대로 밀려들어 온다. 역시 안 보이는 황제가 등장할 때 그 빛은 문과 창문들을 강하게 비출 것이다.

노인 글쎄…… 설마…… 그럴 리가…… 하지만…… 정말…… 어떻게…… 이런 일이…… 하지만…… 정말…… 정말로…… 폐하께서…… 황제 폐하, 만세!

열린 문과 창문들로 최대 강도의 광선이 쏟아져 들어온다. 그러나 차갑고 공허한 빛이다. 갑자기 조용해진다.

노파 여보…… 여보…… 누구예요?

노인 전원 기립! ……황제 폐하, 만세! 황제께서, 내 집에, 우리 집에…… 여보…… 알겠어요?

노파 (이해하지 못한 채) 황제…… 황제요? 여보! (갑자기 알아차리고) 어머나! 황제께서! 폐하! 폐하! (마치 미친 듯 우스꽝스러운 태도로 계속 절을 한다.) 폐하께서! 우리 집에!

노인 (감격에 벅차 울면서) 폐하! ……오! 폐하! ……위대한 폐하! ……아! 이런 황송할 데가…… 오! 이런 꿈같은 일이……

노파 (메아리처럼) 이런 꿈같은 일이…… 꿈같은 일이.

노인 (보이지 않는 군중에게) 여러분, 모두 일어나 주십시오. 우리의 군주이신 황제 폐하께서 이 자리에 행차하셨습니다. 황제 폐하, 만세! 만세! 만세!

노인은 걸상 위에 올라가 황제를 보려고 발꿈치를 세운다. 노파도 같은 행동을 한다.

노파 만세! 만세!

발들을 구른다.

노인 폐하! ……소신, 여기 있사옵니다…… 폐하! 소신의 음성이 들리시옵니까? 소신이 보이시옵니까? 제가 여기 있다고 폐하께 좀 알려주세요. 폐하! 폐하! 폐하의 충복이 여기 있사옵니다……

노파 (계속 메아리처럼) 충복이 여기 있사옵니다.

노인 폐하의 충복, 폐하의 노예, 폐하의 충견, 멍멍멍,

폐하의 충견이옵니다, 폐하……

노파 (아주 강하게 개 짖는 소리를 내며) 멍…… 멍…… 멍……

노인 (두 손을 모아 쥔 채) 소신이 보이시옵니까? 폐하! ……아, 보이옵니다. 폐하의 존귀한 용안을 뵈었사옵니다…… 황공하옵게도…… 신하들이 막아섰지만……

노파 신하들이 막아섰지만…… 소신들, 여기 있사옵니다, 폐하.

노인 폐하! 폐하! 여러분, 폐하께서 서 계시게 하다뇨…… 폐하, 진심으로 폐하를 살펴드리고, 건강을 걱정하는 건 소신뿐이옵니다. 소신은 폐하의 가장 충성스런 신하……

노파 (메아리로) 가장 충성스런 신하이옵니다.

노인 여러분, 좀 비켜주세요…… 이 사람 많은 델 어떻게 뚫고 가지…… 황제 폐하를 배알해야 되는데…… 좀 비켜주세요……

노파 (메아리로) 좀 비켜주세요…… 비켜주세요…… 주세요…… 세요……

노인 좀 비켜주세요. 제발 좀 비켜주세요. (절망하여) 아! 폐하께 닿을 길이 없단 말인가?

노파 (메아리로) 없단 말인가? ……말인가? ……

노인 아, 마음도 몸도 모두 폐하 발아래 가 있건만, 신하들이 가로막아 닿을 길이 없다니…… 저들 모두…… 음, 알겠다…… 이건 음모다…… 나와 폐하를 갈라

놓으려는 거다.

노파 여보, 진정해요…… 폐하께서 당신을 보셨어요. 당신을 보고 계세요…… 폐하께서 내게 눈짓을 했어요…… 폐하께선 우리 편이에요……

노인 폐하께 제일 좋은 자릴…… 변사 얘길 잘 들으시게…… 연단 앞자릴 드려요.

노파 (걸상에 올라가 발돋움을 한 채 더 잘 보려고 최대한 턱을 쳐들고) 앉으셨어요.

노인 아이구, 하느님! (황제에게) 폐하…… 안심하시옵소서. 폐하 곁의 그 사람은 절 대신하는 제 친구이옵니다. (걸상 위에서 발돋움을 한 채 서서) 여러분, 여러분, 제발……

노파 (메아리로) 제발…… 제발……

노인 제발 좀…… 비켜주세요…… 폐하의 거룩한 용안 좀 보게요. 왕관도 보고, 후광도 좀 보게요…… 폐하, 빛나는 용안을 소신 쪽으로, 이 미천한 종 쪽으로…… 이 보잘것없는…… 오, 보았사옵니다…… 확실히 보았사옵니다……

노파 (메아리로) 확실히 보았사옵니다…… 보았사옵니다…… 사옵니다……

노인 오, 이런 기쁨이…… 이 은총을 이루 어찌 표현하리…… 이 누추한 집에 폐하께서…… 태양께서, 여기…… 여기…… 내가 대장으로 있는 이 집에…… 폐하의 군대 계급 중 하나인 대장으로 있는……

노파 (메아리로) 대장으로 있는……

노인 전 자랑스럽습니다…… 물론…… 겸손해야겠지만…… 전 대장입니다. 황궁에 근무할 수도 있었는데, 요런 손바닥만 한 데나 지키고 있으니…… 폐하…… 소신은…… 폐하, 어떻게 표현할지…… 소신도 마음만…… 있었으면…… 많은 걸…… 만약…… 원하기만 했으면…… 폐하, 용서하세요. 감정이 격해서……

노파 폐하께 웬 불경이에요?[17]

노인 (울면서) 폐하, 용서하시옵소서. 폐하께서 오시리라고…… 감히 꿈도 못 꿨는데…… 소신이 여기 없었을 수도…… 미천한 소신을 구해 주시니……

노파 (메아리로, 흐느껴 우는 듯) 미천한…… 미천한……

노인 일생 괴로웠사옵니다…… 폐하의 후원을 확신했던들, 소신도 뭔가 됐을 텐데…… 아무 후원도 없이…… 만약 폐하께서 안 오셨다면, 만사 늦었을 것이옵니다…… 폐하, 폐하께선 소신의 마지막 희망이고……

노파 (메아리로) 마지막 희망이고…… 폐하…… 지막 희망이고…… 막 희…… 망이고……

노인 소신은 소신을 도운 친구들에게 불행을 선사했사옵

17) 원문으로는 "3인칭을 쓰세요."이다. 이것은 왕이나 황제의 호칭은 3인칭으로 하지 않으면 예의에 어긋나기 때문인데, 우리말로는 전달이 어려워 의역하였다. 이에 대해 다른 번역을 하자면 앞의 노인의 대사에서 '저'라는 인칭 대명사를 쓰게 한 뒤, 노파로 하여금 "폐하께 '저'라니요? 소신이라고 하세요." 정도가 가능할 것이다.

니다…… 소신에게 내미는 그 손에 벼락을 때렸사옵니다……

노파 (메아리로) 벼락을 때렸사옵니다…… 때렸사옵니다…… 사옵니다……

노인 소신은 미움받아 마땅하옵고, 사랑받아 마땅치 않사옵니다.

노파 아뇨, 여보, 아녜요. 난 당신을 사랑해요. 엄마처럼 당신을……

노인 적들은 모두 보상을 받았고, 친구는 모두 배신을 당했사옵니다……

노파 (메아리로) 친구는…… 배신을…… 배신을……

노인 다들 소신을 괴롭히고, 소신을 학대했사옵니다. 아무리 하소연을 해도 소신의 편은 없었사옵니다…… 가끔 직접 복수를 생각해 봤지만…… 도저히 할 수가 없었사옵니다…… 마음이 약해서…… 도저히 때려 눕힐 수가 없었사옵니다. 마음이 너무 착해서.

노파 (메아리로) 너무 착해서, 해서, 해서, 해서, 해서……

노인 동정심에 사로잡혀……

노파 (메아리로) 동정심에…… 정심에…… 정심에……

노인 그러나 저들은 동정심이 없었사옵니다. 소신이 바늘로 찌르면, 곤봉과 칼과 대포로 반격해서, 뼈를 부수고……

노파 (메아리로) 뼈를…… 뼈를…… 뼈를……

노인 소신의 자리와 재산을 빼앗고, 목숨을 노렸사옵니

다…… 소신은 재난의 집합이었고, 재앙의 피뢰침이었사옵니다……

노파 (메아리로) 피뢰침…… 재앙의…… 피뢰침……

노인 운동으로 잊어보려고…… 등산을 하면…… 발을 당겨 미끄러뜨렸고…… 계단을 오르면 계단을 부숴…… 쓰러뜨렸고…… 여행을 하려면 여권을 거부했고…… 강을 건너려면 다리를 끊었고……

노파 (메아리로) 다리를 끊었고……

노인 피레네 산맥을 넘으려니까 피레네 산맥이 사라져 버렸사옵니다.

노파 (메아리로) 산맥이 사라져…… 폐하, 저이도 남들처럼 편집장이나 배우장이나 의사장이나 임금장이나……

노인 그러면서도 소신에겐 전혀 신경들을 안 썼고…… 그래 초대장 한 장 보내는 이가 없었사옵니다…… 그러나 소신만이 병든 인류를 구할 수 있사옵니다. 그건 폐하께서도 아시옵니다…… 만약 소신의 메시지만 전달됐더라면, 적어도 최근 이십오 년의 불행이라도 면했을 것이옵니다. 그러나 구원을 포기하진 않았사옵니다. 아직 시간이 있고, 계획이 있사옵니다…… 아! 표현력이 없어서……

노파 (보이지 않는 사람들 머리 위로) 변사가 와서 당신 대신 말할 거예요. 폐하도 납셔 계시니까…… 다들 경청할 거예요. 다른 때보다 아주 유리해요. 훨씬요.

노인 폐하, 용서하옵소서…… 저 사람은 괜한 걱정이옵니다…… 미천한 소신 집에…… 여러분, 조금만 비켜주세요. 폐하 용안 좀 확실히 뵙게요. 왕관의 빛나는 다이아몬드 좀 보게요…… 폐하께서 미천한 소신 집에 납셔 주시니까 저 사람도 이 불쌍한 사람을 생각해 주옵니다. 참으로 황공하옵니다. 폐하, 소신이 지금 발돋움을 하고 몸을 세운 것은 오만 때문이 아니오라 폐하를 잘 보기 위함이옵니다…… 마음으로는 무릎 앞에 엎드려……

노파 (흐느껴 울면서) 폐하 무릎 앞에, 발 앞에, 발가락 앞에 엎드려……

노인 언젠가 소신이 가려움증에 걸렸는데, 주인이란 작자는 자기 아이와 말한테 인사를 안 했다고 소신의 엉덩이를 걷어차 내쫓았사옵니다. 물론 이제 와서 중요할 건 없는 일이옵니다…… 왜냐하면…… 폐하…… 폐하께서…… 그러니까…… 여기…… 여기……

노파 (메아리로) 여기…… 기…… 기…… 기…… 기…… 기……

노인 폐하께서 여기 납시었는데…… 메시지를 들으실 텐데…… 변사 올 때가 지났는데…… 폐하를 기다리시게 하다니……

노파 폐하, 용서하옵소서. 곧 온다고 전화가 왔사옵니다.

노인 폐하는 좋은 분이시라, 모든 걸 듣고, 완전히 파악하시기 전엔 안 떠나세요.

노파 (메아리로) 완전히 파악…… 파악…… 모든 걸 듣고……

노인 변사가 대신 말할 것이옵니다…… 소신은 못하옵니다…… 재주가 없어서…… 변사한테 모든 서류와 자료가 다 있사옵니다……

노파 폐하, 조금만 참으시옵소서…… 금방…… 금방 도착하옵니다.

노인 (황제가 초조해하지 않도록 하기 위하여) 폐하, 오래전 소신이 계시를 받은 적이 있사옵니다…… 마흔 살 때였는데…… 여러분도 같이 들으세요…… 어느 날 저녁 식사 후 잠자리에 들기 전에 늘 하던 대로 아버지 무릎에 앉았는데…… 소신의 수염이 아버지보다 더 길고 따갑고…… 가슴 털도 더 많고…… 소신의 머리는 이미 희끗희끗한데, 아버지는 아직 갈색인 걸 보고…… 식탁에 손님들이 많았는데, 다들 웃음을 터뜨렸사옵니다.

노파 (메아리로) 웃음…… 웃음……

노인 "난 아빠를 사랑해요. 농담 아녜요." 이랬더니 "밤 열두시까지 안 자는 아이도 있나요? 아직 '코' 안 하는 걸 보면 이젠 어린애가 아녜요." 만약 반말이었으면 그 말 안 믿었을 것이옵니다.

노파 (메아리로) 반말……

노인 존대말 안 썼으면……

노파 (메아리로) 존대말……

노인 하지만 결혼 전이니까 어린애 아니냐 그랬더니, 바로 결혼을 시켰사옵니다. 아니란 걸 증명하려고…… 다행히 저 사람이 아버지, 어머니를 대신해 줘서……[18]

노파 폐하, 변사가 곧……

노인 변사가 곧 오옵니다.

노파 곧 오옵니다.

노인 곧 오옵니다.

노파 곧 오옵니다.

노인 곧 오옵니다.

노파 곧 오옵니다.

노인 곧 오옵니다. 오옵니다.

노파 곧 오옵니다. 오옵니다.

노인 오옵니다.

노파 저기.

노인 저기.

노파 저기 오옵니다.

노인 저기 오옵니다.

노파 저기 오옵니다.

노인과 노파 저기……

노파 저기…… (침묵. 모든 동작이 정지된다. 두 노인은 화석처럼 굳어져 5번 문을 응시한다. 움직임 없이 약 30초간 유지된다. 아주 천천히, 그리고 조용히, 문이 활짝 열린다. 이어 변사가 나타난다. 실제 인물이다. 19세기 화가나 시인 타입으로, 챙이 넓은 검은색 중절모, 커다란 나비넥타이, 작업복, 코밑수염과 턱수염 등 허

18) 아버지에 대한 대사, 즉 "폐하, 오래전"부터 "저 사람이 아버지 어머니를 대신해 줘서……"까지는 공연 시 삭제되었는데, 계속 그렇게 하는 것이 좋을 듯하다.(원주)

세 부리는 엉터리 배우 분위기다. 눈에 보이지 않는 인물들이 최대한 현실감을 지녀야 한다면, 변사는 오히려 비현실적으로 느껴져야 한다. 그는 고개를 좌우로 돌리지 않으며 오른쪽 벽을 따라 뒷무대 큰 문 앞까지 미끄러지듯 부드럽게 걸어간다. 그는 노파를 못 본 듯 지나친다. 노파는 실제 인물인지 확인하기 위해 변사의 팔을 만져본다.) 왔사옵니다.

노인　왔사옵니다.

노파　(계속 시선으로 좇으며) 정말 왔어요. 정말 사람이에요.

노인　(시선으로 좇으며) 정말, 정말이에요. 꿈이 아녜요.

노파　글쎄, 꿈이 아니라니까요.

노인은 두 손을 모으고 하늘을 우러러본다. 그는 조용히 몹시 기뻐한다. 뒷무대에 이른 변사는 모자를 벗어 든 채 마치 근위병처럼, 그러나 어쩐지 기계 인형처럼, 묵묵히 허리를 숙여 보이지 않는 황제에게 인사한다.

노인　폐하…… 변사이옵니다.

노파　변사이옵니다.

변사는 다시 모자를 쓰고 연단에 올라서서 무대의 보이지 않는 군중과 의자를 내려다보고는 엄숙한 자세를 취한다.

노인　(보이지 않는 군중에게) 사인들 부탁하세요. (변사는 기계적으로, 말없이 사인을 해서 수없이 많이 나눠준다. 그동안 노인은 손을 맞잡고 하늘을 우러러보며 기뻐한다.) 감히 꿈도 못 꿀 일인데……

노파 (메아리로) 꿈도 못 꿀 일……

노인 (보이지 않는 군중에게) 이제 폐하의 윤허를 받아 여기 계신 모든 분들께, 신사 여러분께, 숙녀 여러분께, 어린이 여러분께, 동지 여러분께, 동포 여러분께, 의장님께, 군대 친구 여러분께……

노파 (메아리로) 어린이 여러분께…… 여러분께…… 여러분께……

노인 연령과 성별과 신분과 지위와 재산에 상관없이 진심으로 감사의 뜻을 표하는 바입니다.

노파 (메아리로) 감사의 뜻을……

노인 또한 여기 변사와 함께…… 이렇게 열광적으로 모여주신 데 대해…… 좀 조용히 해주십시오……

노파 (메아리로) 조용히 해주십시오……

노인 또한 오늘 저녁 이 모임을 갖게 해주신 모든 분들께, 준비위원들께……

노파 와!

이 동안 변사는 연단 위에서 엄숙하게 부동자세를 취하는데, 다만 사인하는 손만 기계적으로 움직인다.

노인 이 건물 주인들께, 건축사께, 이 벽을 쌓은 미장공께……

노파 (메아리로) …… 벽을……

노인 기초 공사를 한 노동자들께…… 좀 조용히 해주세요……

노파 (메아리로) 주세요……

노인 지금 여러분이 앉으신 그 의자를 만드신 가구공들께, 솜씨 좋은 기술자들께……

노파 (메아리로) 솜씨 좋은……

노인 폐하께서 푹 파묻히실, 그러나 강인한 정신을 간직하실 안락의자를 만드신 기술자들께…… 기계공들께, 전기공들께……

노파 (메아리로) 기공들께……

노인 예쁜 프로그램을 만드신 제지공들께, 인쇄공들께, 교정원들께, 편집원들께, 전 인류의 우주적 연대에, (황제가 있는 쪽을 향하며) 황제 폐하께서 다스리시는 조국과 국가에 감사하고…… 안내원들께……

노파 (메아리로) 안내원께…… 내원께……

노인 (노파를 가리키며) 초코 아이스크림과 프로그램 판매원께……

노파 (메아리로) 매원께……

노인 아내이자 동반자께……

노파 (메아리로) 아내…… 반자…… (혼잣말로) 저 양반, 내 얘기까지 안 잊고 하네.

노인 오늘 저녁 축제의 성공을 위해 심적이든 물적이든 유효적절한 도움으로 기여하신 모든 분들께…… 재삼 감사드리며, 특히 거룩하신 우리 군주, 황제 폐하께 감사드리옵니다……

노파 (메아리로) 황제 폐하께……

노인 (조용한 가운데) 좀 조용히 해주십시오…… 폐하……

노파 (메아리로) 폐하…… 폐하……

노인 폐하, 저희 내외 이제 더 이상 소원이 없사옵니다. 당장 죽어도…… 이처럼 편안히 오래 살게 해주신 하늘에 감사드릴 뿐…… 여한이 없사옵니다. 알찬 인생에, 성공적인 임무 수행이옵니다. 삶이 헛되지 않아, 이제 곧 메시지가 전달되옵니다…… (변사에게 손짓을 하지만, 그는 보지 못한 채 아주 점잖고 꼿꼿한 자세로 사인을 계속한다.) 세상을 향해, 아니, 남아 있는 세상 사람들을 향해. (보이지 않는 군중에게 큰 몸짓으로) 여러분을 향해, 신사 숙녀, 동료, 남아서 함께 식사를 할 수 있는 인류 여러분을 향해…… 변사 친구…… (변사는 다른 쪽을 본다.) 제가 오랜 세월 무시되고 경멸받았듯 저 친구도 그랬습니다. (노파는 흐느껴 운다.) 물론 이제야 상관없지. 변사 친구, 자네한테 (변사는 새로운 사인 요구를 거절하고, 무심한 태도로 휘휘 둘러본다.) 나의 정신적 등불을 후세에 길이 밝혀주길…… 나의 철학을 전 우주에 전해주길 부탁하네. 내 사생활 중 때로 우습고, 때로 힘들거나 눈물나는 소소한 일까지 빼놓지 말아주게. 내 입맛도, 내 식도락 취미도…… 다 말해 주게…… 내 아내 얘기도…… (노파는 더욱 흐느껴 운다.) 아내의 터키식 파이와 노르망디식 토끼 찜 요리

법도…… 내 고향 '베리' 도…… 난 명변사 자네만 믿네…… 우리 내외는 오랜 세월 정의의 투사로서 인류의 진보를 위해 애썼고, 이제 물러나는 일만 남았네. 물론 누구도 강요하지 않네만, 우린 숭고한 희생을 완수하고자……

노파 (흐느껴 울며) 네, 네, 영광스럽게 죽고자…… 죽어 신화가 되고자…… 최소한 우리의 길을 찾고자……

노인 (노파에게) 오, 나의 성실한 반려자여!…… 한 세기 동안 한결같이 날 믿고, 결코 내 곁을 떠나지 않은 당신…… 그런데 오늘, 이 최후의 순간, 매정한 군중이 우릴 갈라놓다니……

한피부 속
우리 뼈가
한무덤 속
파묻혀서
한벌레에
살 먹히며
함께 썩길
바랐는데

노파 함께 썩길……

노인 아! …… 아! ……

노파 아! …… 아! ……

노인 우리 시체는 서로 다른 데로 추락해 고독하게 물속에서 썩겠지…… 하지만 너무 슬퍼 맙시다.

노파 어쨌든 할 일은 해야죠……

노인 우린 잊혀지지 않을 거예요. 황제께서 영원무궁토록 우릴 기억하실 거예요.

노파 (메아리로) 영원무궁토록.

노인 우린 자취를 남길 거예요. 우린 사람이니까. 도시가 아니라.

노인과 노파 (함께) 우린 갈 길이 있어요.

노인 공간적으로 하나가 될 수 없다면 시간적으로라도 영원히 하나가 됩시다. 역경 앞에서 그랬듯이 같은 순간 죽읍시다. (감정 없는 부동자세의 변사에게) 마지막으로…… 자넬 믿고…… 자네한테 맡기네…… 모든 걸 말해 주게…… 메시지를 전해 주게…… (황제에게) 폐하, 용서하옵소서…… 다들 안녕히 계십시오. 여보, 안녕히.

노파 다들 안녕히 계세요…… 여보, 안녕히.

노인 황제 폐하, 만세!

노인은 색종이와 색 테이프를 보이지 않는 황제에게 던진다. 팡파르 소리와 함께 불꽃놀이를 하듯 강렬한 빛이 비친다.

노파 황제 폐하, 만세!

색종이와 색 테이프를 황제 쪽으로 던지고, 이어 감정 없는 부동자세의 변사와 빈 의자 위로 던진다.

노인 (같은 동작) 황제 폐하, 만세!
노파 (같은 동작) 황제 폐하, 만세!

노인과 노파는 동시에 각각의 창문으로 "황제 폐하, 만세!" 하고 외치며 뛰어내린다. 갑자기 침묵. 다시 불꽃놀이 조명이 비치는 가운데 무대 양쪽에서 "아!" 하는 소리와 함께 물 위로 떨어지는 소음이 들린다. 창문과 큰 문으로 들이비치던 빛이 사라지고, 최초의 희미한 불빛만 남는다. 깜깜한 창문은 활짝 열린 채 커튼이 바람에 날린다.

변사 (두 사람의 자살 장면이 진행되는 동안 감정 없는 부동자세로 있다가, 잠시 후 말하기로 결심한 듯, 줄지어 있는 빈 의자를 마주하지만, 보이지 않는 군중들에게 귀머거리에 벙어리임을 알리기 위해 절망적인 노력을 할 뿐이다. 이어 헐떡이며 신음소리를 낸다.) 에, 므므므, 므므, 므므. 주, 구, 우, 우. 애, 애, 구, 구우, 구에

어쩔 수 없다는 듯 팔을 축 늘어뜨린다. 갑자기 좋은 생각이 떠오른 듯 얼굴이 밝아지며 칠판 쪽으로 돌아서서는 주머니에서 백묵을 꺼내 커다랗게[19] 쓴다.

---

19) 원문에서는 대문자로 쓴다고 되어 있으나, 번역에서는 그것이 무의미하다.

이어서,

느나아 느늠 누누누 브

다시 보이지 않는 군중 쪽으로 돌아서서 칠판에 쓴 것을 손가락으로 가리킨다.

변사 므므므, 므므므, 구에, 구우, 구, 므므므, 므므므, 므므므, 므므므므.

이어 변사는 불만스러운 듯 갑작스런 동작으로 백묵으로 쓴 것을 지우고 다시 쓴다. 그러나 그 중에서 알아볼 수 있는 건 큰 글씨로 쓴 몇몇 글자뿐이다.

아안녕 아녕 아여

변사는 다시 돌아서서 자신의 이야기를 이해해 주었으면 하며 알겠는지 묻는 듯한 표정으로 웃는다. 그는 빈 의자를 보고 손가락으로 자기가 쓴 것을 가리킨다. 잠시 움직이지 않고 기다린다. 꽤 만족스럽고 다소 엄숙하지만 기대한 반응이 없자 차츰 미소가 사라지고 표정이 어두워진다. 잠깐 더 기다린다. 갑자기 화가 난 듯 거칠게 인사를 하고는 연단에서 내려와 뒷무대 큰 문 쪽으로 유령처럼 걸어간다. 문으로 나가기 전에 그는 빈 의자의 행렬과 보이지 않는 황제에게 격식을 차려 인사를 한다. 텅 빈 무대는 의자와 연단뿐이고 바닥에는 색종이와 색 테이프가 널려있다. 뒷무대 큰 문은 활짝 열린 채 시커멓다.

처음으로 보이지 않는 군중 속에서 사람 소리가 들린다. 킥킥거리는 웃음소리, 속삭이는 소리, "쉿" 하는 소리, 놀리는 기침 소리 등등. 처음에는 약하게 시작하여 점점 커졌다 다시 약해진다. 그리고 이것들은 실제 관객들의 마음속에 강하게 각인되도록 충분히 오래 지속되어야 한다. 이윽고 천천히 막이 내린다.[20]

막

1951년 4월~6월[21]

---

20) 공연에서는 변사가 알 수 없는 소리를 낼 때 막을 내렸으며, 칠판은 삭제되었다. 1952년 초연 시에는 음악이 없었다. 그러나 1956년과 1961년 공연(모클레르 연출)에서는 피에르 바르보가 작곡한 음악이 삽입되었다. 즉 황제가 등장(팡파르)할 때와 의자의 반입이 가속될 때, 그리고 노인이 감사의 말을 할 때 우스꽝스러울 정도로 장엄한 장바닥 축제 음악이 두 배우의 역설적이고, 그로테스크하면서도 극적인 연기를 받쳐 준다.(원주)

21) 이오네스코가 원고를 마치며 삽입한 날짜.

작품해설

부조리극의 기수, 이오네스코

1950년 이오네스코의 「대머리 여가수」가 파리의 녹탕빌 극장에서 초연되었다. 현대 연극의 주요 경향 중 하나라 할 수 있는 부조리극이 탄생한 것이다. 그리고 1961년 미국에서는 마틴 에슬린의 저서 『부조리 연극(*The theater of the absund*)』이 출판되었다. 애초 사르트르와 카뮈의 철학 용어였던 '부조리'가 정식으로 연극 용어가 되는 순간이었으며, 그때까지 10년 남짓 맹렬히 활동해 온 서양 현대극 작가들이 하나로 묶이는 순간이었다.

잘 알려진 대로 에슬린의 저서는 이오네스코, 아다모프, 베케트, 주네, 아라발 등의 프랑스어권 극작가는 물론 막스 프리쉬, 귄터 그라스 등의 독어권 극작가와 핀터, 올비 등의 영어권 극작가, 나아가 므로체크, 하벨과 같은 동구권 극작가들까지 하나로 묶고 있다.

서양 현대 연극에서 소위 문제 작가들은 거의 다 망라된 셈인데, 물론 인간 논리의 근간인 언어 자체의 비논리성을 부각하는 점에 있어서는 대개 일치하지만, 나머지 내용이나 극작 기법을 보면 제각기 뚜렷한 특성을 고수하고 있다. 그중에도 특히 동구권과 서구권 극작가들의 차이는 작품 외관상으로도 확연히 드러난다. 따라서 이들을 하나로 묶는 것은 상당한 무리로 보인다.

그러나 바로 여기에 '부조리'라는 연극 용어를 쉽게 파악할 수 있는 핵심적 단서가 있으니, 결론부터 말해 부조리극의 특성은 인간들의 막연하고 근거 없는 집단적 믿음(조리) 앞에 그들이 믿으려 하지 않는 적나라한 현실(부조리)을 제시하는 것이며, 여기에 서두의 작가들이 공통적으로 해당됨은 물론이다.

그런데 서구권과 동구권에서 가장 문제시되는 집단적 믿음은 각기 다르고, 따라서 그것의 허구성을 밝히며 제시해야 할 가장 시급한 현실도 서로 다를 수밖에 없다. 서구권의 집단적 믿음이 누구나 노력한 만큼 보상이 따른다는 합리적 자본주의, 2차 대전의 승리를 통해 확인했듯 선은 반드시 악을 이기며 만물은 원초적으로 절대적 질서의 지배를 받는다는 기독교적 세계관, 무엇이든 분석하고 설명할 수 있다는 과학주의 등이라면, 동구권의 집단적 믿음은 무엇보다도 만민의 평등과 재화의 공유를 기초로 하는 공산주의 이념이다.

그러나 믿음과 현실이 반드시 일치하는 것은 아니다. 물론 그중에는 현실과 일치하지는 않지만 부단히 일치시키기 위해 노력해야 할 지향점으로서 가치를 지니는 믿음들도 있다. 또는 인간의 분별력을 마비시키고, 나아가 현실 직시를 가로막으며, 결국 현실의 문제점 파악과 해결을 원천적으로 봉쇄하는 맹목적이고 부정적인 믿음도 있으니, 부조리극의 작가들은 앞서 거론한 서구권과 동구권의 집단적 믿음들을 후자에 속하는 것으로 보며, 따라서 그러한 믿음과 현실의 괴리를 관객들에게 있는 그대로 제시하고자 한다.

그런데 그 괴리는 서구권과 동구권에서 각기 다른 양상으로 나타났다. 즉 서구 자본주의 사회의 물질적 풍요는 그 괴리를 상당 부분 은폐하면서 적어도 가시적으로는 집단적 믿음과 일치하는 듯한 현실의 모습을 연출해 낸 데 반해, 동구 공산주의 사회에서는 표방한 이념과는 달리 경제적 어려움과 함께 관료적 권위주의와 불평등, 부정부패 등이 만연한 결과, 집단적 믿음은 가시적 차원에서부터 현실과 심한 괴리를 드러내게 되었다.

그 결과 서구권에서는 가시적 현실을 그대로 묘사하기보다는 몽환과 상상, 무의식의 세계로까지 현실의 영역을 확장해가며, 근본적으로 현실을 지배하는 것은 절대적이고 안정된 질서가 아니라 혼돈과 부조리임을 지적하는 연극이 출현했던 반면, 동구권에서는 가시적 차원의 사회 현실을 강력히 고발하는 연극이 나타났다. 이렇듯 확연히 달라 보이는 서구권과 동구권의 연극을 모두 부조리극으로 분류할 수 있는 근거야말로 바로 부조리극의 특성으로서, 둘 다 사회 구성원들이 여간해서는 믿지 않으려 하는 현실의 모습 내지 삶의 조건을 집요하게 제시하고 있다는 점이다.

그런데 이러한 공통점은 부조리극을 그 이전의 연극과 구분하는 하나의 기준이 된다. 고전주의는 물론이고, 19세기 후반을 장식한 사실주의와 자연주의 연극까지도 현실 자체보다는 관객들이 현실로 여길 만한 사건을 꾸며 논리 정연하게 전개한다면, 부조리극은 비록 관객들이 현실로 인정하기 싫어하지만 엄연히 존재하는 현실의 부조리한 모습을 있는 그대로 담아낸다. 그러니까 달리 말해 기존의 연극이 '사실임 직한 비사실'을 추구하는 데 반해, 부조리극은 '비사실임 직하지만 엄연한 사실'의 제시를 목적으로 한다.

그러나 부조리극은 어디까지나 마치 거울을 들이대듯 강렬하고도 직접적인 방식으로 현실, 즉 인간의 부조리한 상황이나 모습을 제시할 뿐이지 그것에 대해 특정한 반응을 유도하지도 않고, 어떤 대책을 암시하거나 충고하지도 않는다. 따라서 집단적 믿음을 떨쳐버리고 현실을 직시하며, 거기서 문제점을 찾아내어 해결하고자 노력하는 과정은 철저히 관객의 몫이 된다.

사실 이 부분에서는 '부조리'의 원조로서 부조리극의 세계관 내지 현실관에 적잖은 영향을 미쳤다 할 사르트르나 카뮈와도 확연히 구분되는데, 카뮈나 사르트르의 희곡들은 대부분 자신들이 파악한 부조리한 현실과 그것에 대처하는 나름의 철학을 지극히 논리적인 사건 전개를 통해 전달하고 있기 때문이다.

예를 들어 희곡은 아니지만 카뮈의 저서 『시시포스의 신화』에서 산 정상으로 바위를 밀어올리라는 신의 형벌을 받은 시시포스는 뻔히 다시 굴러떨어질 것을 알면서도 결코 굴하지 않고 끝없이 그 무의미해 보이는 행위를 반복한다. 또 『페스트』라는 소설에서도 주인공 의사는 페스트균에 맞서 처절한 투쟁을 끝낸 뒤, 페스트균은 완전히 박멸될 수 없으며 언젠가는 다시 나타나 인간을 공격하겠지만, 그때도 자기는 있는 힘을 다해 싸우겠노라고 선언한다.

물론 부조리극에도 부조리한 상황에 대해 저항하는 인물들이 등장한다. 그러나 그것은 거의 본능적으로 부닥치는 행위일 뿐, 결코 의지적이거나 영웅적인 행동은 아니다. 사실 이오네스코의 「왕은 죽어가다」에서 주인공 베랑제가 보여 주는 '죽음에 대한 저항'을 카뮈식의 '부조리적 영웅'의 태도로 볼 수는 없으며, 베케트의 「고도를 기다리며」의 두 인물들의 끝없는 기다림 역시 시시포스와 같은 강한 의지의 소산이기보다는 지극히 수동적인 차원에 머무르고 있다.

부조리극의 목적은 어디까지나 정확한 현실을 제시하는 데 있다. 그러나 이것을 소극적이라고 할 수만은 없다. 현실의 모습, 즉 자신의 정확한 상태를 모르고서는 올바른 해결책 또한 원초적으로 불가능하다 할 때, 부조리극에는 '눈을 돌리는 사람 앞에 집요하게 거울을 들이대어 자신의 일그러진 모습을 직시하도록 함으로써 어떻게든 해결책 내지는 행동 방침을 마련하도록 만들겠다.'는 강한 의도가 담겨 있기 때문이다.

서두에 명시했듯 이러한 부조리극의 효시는 외젠 이오네

스코의 「대머리 여가수」이다. 거의 40대에 이르러서야 극작가로 나서게 되는 이오네스코의 최초 극작 동기는 대단히 엉뚱하다. 영어 공부를 위해 영어 책을 읽다 거기서 지고의 진리들을 발견하였고, 감격한 나머지 그것을 널리 알리고자 메모해 놓고 보니 전혀 생명이 없는 죽은 말들에 불과하더라는 것이다.

외국어 교재에서 흔히 보듯 "일주일은 칠 일이고 일, 월, 화, 수, 목, 금, 토의 순서로 되어 있다."와 "천장은 위에 있고 바닥은 밑에 있으며, 스미스 씨가 스미스 부인의 남편이면 스미스 부인은 스미스 씨의 부인이다."라는 언명은 모두가 너무나도 당연한 진리들이다. 그러나 그렇듯 당연한 사실을 말로 표현한다는 것이 과연 무슨 의미가 있으며, 또한 말로써 있는 그대로의 진실을 정확히 전달할 수 있다는 확증이 있는가? 오히려 엄연한 진실도 말로 표현해 놓고 나면 왠지 생경한 느낌마저 풍기지 않는가?

이렇듯 이오네스코가 처음 극작을 하면서 집착했던 문제는 인간 언어의 부조리함이었다. 즉 인간은 자신들의 언어를 지극히 합리적이라 믿으며 문화의 축적과 의사소통의 도구로 삼지만, 실제로 그것은 대단히 비논리적이고 불합리해서 인간의 언어생활은 원초적으로 소통이 불가능한 오해의 연속일 뿐이며, 거기서 비롯된 언어의 횡포가 인간들을 핍박하고 있다는 것이다. 이오네스코의 첫 작품으로 이미 잘 알려진 「대머리 여가수」나, 바로 그 뒤를 이은 「수업」, 「의자들」은 바로 그런 생각을 바탕으로 한 작품들이다.

이 중 「대머리 여가수」는 언어를 통한 의사소통이 불가능함을 강조하고, 「수업」은 교수와 학생이 불합리한 의사소통에 의해 결국 살인에까지 이르는 언어의 폭력성을 부각시키고 있으며, 「의자들」은 언어의 허구성과 공허함이 과연 어느 정도인지 적나라하게 드러내고 있다.

그러나 이 초창기 작품들은 초연 시에는 모두 푸대접을 받았다. 심지어 「의자들」의 초연 때는 분노한 관객들이 입장료 환불을 요구하고 위협을 느낀 출연진이 뒷문으로 도망가는 상황까지 벌어졌다고 한다.

그런데 이러한 에피소드는 우리에게 커다란 오해를 불러일으키기도 한다. 즉 연극 관람에 익숙한 서양 관객들조차 애당초에는 부조리극을 제대로 이해하지 못 했는데 서양식 연극의 역사가 일천한 우리나라 관객들이 어찌 쉽게 이해할 수 있겠는가라는 황당한 주장을 펴는 경우가 있는 것이다.

서양의 관객들이 분개한 것은 그전의 연극과 달리 기승전결의 진행도 아니고, 개연성이 없어 도저히 믿음이 가지 않는 상황이 전개되기 때문이었지, 결코 무슨 상황인지 파악할 수 없기 때문은 아니었다. 그러므로 연극을 부정확하게 만들어 관객들이 상황 자체를 파악하지 못하는 과거 일부 우리 나라 부조리극 공연의 예와는 근본적으로 다르다 하겠다.

어쨌든 이오네스코의 초기 작품들이 인정을 받게 되는 것은 「코뿔소」가 1959년 독일에서 초연된 후 1960년 파리에서까지 성공을 거두어 극작가로서 지위가 비교적 확고해진 뒤, 그러니까 극작가로 데뷔한 지 10년이 지나서이다. 물론 베케트의 「고도를 기다리며」가 뒤늦게 노벨상을 받는 사건과 시기가 비슷하다는 점을 감안하면 유명 작가가 되니 그때까지 무시했던 초창기 작품까지 관심을 갖더라는 식의 이해는 너무 단순하다 할 것이다. 하지만 극작법이 무르익어 쓴 전성기의 작품들을 제쳐놓고 거의 습작에 가까운 초기 세 작품에 쏟아지는 환호가 이오네스코에게는 결코 즐겁지만은 않았으리라는 생각도 든다.

이오네스코가 언어와 마찬가지로, 아니 그 이상으로 부조리하다고 느낀 것은 바로 죽음의 문제이다. 즉 '인간은 죽는다.'는 사실이야말로 정말 부조리하다는 것이다. 물론 노쇠나 질병 등 의학이나 과학으로, 또는 원죄와 같이 종교로 그 이유를 설명할 수는 있다. 그러나 설령 그 설명을 인정한다 해도 원초적인 의문은 남는다. 과연 그런 죽음의 원인이 왜 생겨야 했는지, 또는 어째서 신은 인간에게 원죄의 가능성을 제공했는지 이해할 수 없는 것이다.

사실 죽음을 '삶의 끝'이라 할 때 바로 이 '끝'이라는 것 역시 의문스럽다. 물론 심오한 철학자나 종교인들의 시각은 다르겠지만 평범한 인간들의 생각으로는 시간이든 공간이든 하나가 끝나면 그 다음에 또 뭔가가 있게 마련이다. 즉 모든 것이 완전히 끝나서 아무것도 없는 상태는 상상하기 어려우며, 따라서 결국 끝없이 뭔가가 계속된다고 할 수밖에 없다.

그런데 '끝이 있다.'는 표현이 이해하기 어려운 만큼, '끝이 없다.'는 표현도 이해가 불가능하다. 극락이니 천국이니 저승이니 하는 사후에 대한 공간적 표현이나 영생이니 윤회니 하는 시간적 표현 역시 모두 '끝'을 인정할 수

없음에서 비롯된 것이 아닐까 한다.

어쨌든 초기 세 작품 중 「수업」과 「의자」에도 죽음이 등장한다. 더욱이 「살인자」, 「코뿔소」, 「공중 보행자」, 「왕은 죽어가다」 등 베랑제를 주인공으로 하는 이른바 '베랑제 연작(Circle de Bérenger)'을 비롯해서 이오네스코 극작의 후기 작품들은 대개 '죽음'의 문제를 다루고 있다.

특히 「왕은 죽어가다」나 「살인 놀이」는 작품 전체가 죽음으로 이루어졌다 해도 과언이 아닌데, 「왕은 죽어가다」는 베랑제 1세라는 왕이 죽음을 맞아 끈질기게 저항하다가 차츰 수긍하게 되고 결국 죽음을 받아들이는 과정을 소상히 묘사하고 있다. 그러나 죽음에 대해 좀 더 총체적으로 다루고 있는 것은 「살인 놀이」이다. 아마도 극작 생활 20년간 천착해 온 문제에 대한 완결편이 아닐까 싶다.

「살인 놀이」는 인간 집단이 원인 모를 죽음의 병에 처했을 때 나타날 수 있는 다양한 상황들을 병렬 구조로 보여주고 있는데, 여기서 관심 있게 보아야 할 것은, 이 작품이 서두에서 언급한 부조리극의 특성을 고스란히 지니고 있고 극작법의 측면에서 보아도 역시 완결편이라고 할 만하다는 사실이다.

원인은커녕 전염성인지 아닌지도 모르는 병의 창궐로 한 도시에서 수십만의 인명이 희생되는 상황을 현실로 받아들이기에는 너무 끔찍하며, 간신히 병의 기세가 꺾여 안도하는 순간 대화재가 그 도시를 엄습한다는 설정은 황당하기까지 하다.

그러나 실제로 지구 상에는 인류를 전멸시키고도 남을

양의 핵폭탄이 존재하며, 후천성면역결핍증이나 살을 파먹는 박테리아처럼 치료책은 물론 원인조차 모르는 질병도 많고, 수년 전 인도에서 발생했던 페스트처럼 시대를 뛰어넘는 황당한 일도 있다.

「살인 놀이」의 '비사실임 직한' 상황이 언제든 '엄연한 사실'이 될 가능성이 있는데도, 대부분의 인간들은 신문에 난 기사는 사실이겠거니 믿으면서 막연하나마 공포심을 느끼지만, 「살인 놀이」의 상황은 도무지 믿으려 하지 않는다.

바로 여기에 부조리극이 현대적 의미의 비극이 될 수 있는 소지가 있다. 관객들이 연극을 보면서 그 상황을 비현실적이고 황당하다고 생각할수록, 그래서 그 상황이나 등장인물들의 행동을 비웃을수록, 그것이 인간 공통의 현실이며 나아가 스스로의 모습임을 인식하게 되었을 때 느끼는 충격과 고통도 더 커지게 마련이다.

이외에도 「살인 놀이」에 등장하는 인물들 사이의 대화나 논리의 비약은 부조리극이 공통적으로 지니고 있는 인간 언어의 원초적 부조리함과 그로 인한 소통의 불가능성을 함축하고 있으며, 병에 대해 보이는 여러 가지 본능적인 반응과 극복을 위한 노력의 무망함은 인간 조건의 원초적인 부조리를 형상화한 것이라 하겠다.

이오네스코는 「살인 놀이」 이후로도 1972년 「맥베트」 등 1980년까지 드문드문 몇 작품을 더 발표하고는 1994년에 작고했다. 부조리극이 '고전'이 되고, 따라서 '전위'라는 표현이 어울리지 않는 상황까지 확인한 셈이다. 사실 훨씬 전 베케트의 「고도를 기다리며」가 노벨상을 받았고, 이오네스코 자신도 이미 1970년에 아카데미 회원이 되었으며, 「왕은 죽어가다」가 코메디 프랑세즈 공연 목록에 오른 사실 등을 생각하면 그러한 단정은 너무나 당연하다.

그러므로 앞서 잠깐 언급했지만, 아직도 '부조리'라는 어휘 때문에 형성된 막연한 오해를 해결 못하고 있다면 그것은 참으로 부끄러운 일이다. 즉 아무리 부조리극이라도 연극인 이상 극작과 형상화의 과정은 논리적일 수밖에 없으며, 아무리 '부조리'와 인물 사이의 '소통 불가능'을 묘사했더라도 대사 간의 연결 고리도 분명히 존재하고, 혼란이 빚어지고 전개되는 상황도 분명히 관객들에게 전달되어야 한다.

즉 부조리극이니까 무슨 내용인지 파악을 안 해도 되고, 또한 무슨 내용인지 전달이 안 돼도 상관없다는 식의 그릇된 믿음은 무대 형상화 종사자들에게는 금물이며, 관객들 역시 상황 파악이 안 되는데도 현대극이니까 그렇겠거니 하며 용납하는 태도를 버려야 한다.

왜냐하면 대부분의 연극은 거기 사용되는 언어를 모국어로 하는 사람이라면 누구나 이해할 수 있으며, 그 정도의 전달력조차 갖추지 못한 작품이라면 십중팔구 작가나 번역자 또는 연출이나 연기자에게 문제가 있다고 봐야 하기 때문이다.

앞서 동구권과 서구권의 부조리극을 비교했는데, 우리나라의 상황에서는 과연 어떤 식의 부조리극이 유효한지 곰곰 따져 보는 것도 중요한 일이다. 그러한 생각과 그에 따른 판단이 가능할 때 비로소 부조리극에 대한 이해가 되었다 할 것이고, 또한 우리식의 부조리극이 가능할 것이다.

2003년 2월
옮긴이 오세곤

작가 연보

1909년 루마니아에서 출생. 아버지는 루마니아인, 어머니는 프랑스인이었음.

1911년 파리로 이주.

1916년 부모의 이혼.

1922년 루마니아로 복귀.

1929년 부쿠레슈티 문과대학 입학.(프랑스 문학 전공)

1934년 프랑스어 교수 자격증 획득.

1936년 로디카 브릴레아누와 결혼.

1938년 박사 학위 논문(「보들레르 이후 프랑스 시에 나타난 원죄와 죽음」)을 쓰기 위해 프랑스로 귀환.

1950년 「대머리 여가수(La cantatrice chauve)」 초연.(녹탕뷜 극장, 니콜라 바타유 연출)

1951년 「수업(La leçon)」 초연.(포쉬 극장, 마르셀 퀴블리

에 연출)

1952년 「의자(Les Chaise)」 초연.(랑크리 극장, 실벵 돔 연출)

1953년 「의무의 희생자(Victimes du devoir)」 초연.(카르티에 라틴 극장, 자크 모클레르 연출)

1954년 「아메데 혹은 어떻게 그것을 제거할까(Amédédee ou Comment s' en débarrasser)」 초연.(바빌론 극장, 장 마리 세로 연출)

1955년 「자크 혹은 복종(Jacques ou la soumission)」, 「그림(Le Tableau)」 초연.(위셰트 극장, 로베르 포스텍 연출)

「새로운 세입자(Le nouveau locataire)」 초연.(핀란드, 비비카 반들러 연출)

1956년 「알마의 즉흥극(L'impromtu de l'Alma)」 초연.(스튜디오 샹젤리제, 모리스 자크몽 연출)

1957년 「대머리 여가수」, 「수업」 재공연.(위셰트 극장에서 이후 1994년 작고할 때까지 11,944회 공연)

「미래는 달걀 속에 있다(L'avenir est dans les oeufs)」 초연.(시테 위니베르시테 극장, 장 뤽 마뉴롱 연출)

1959년 「살인자(Tueur sans gages)」 초연.(레카미에 극장, 조제 카글리오 연출)

「코뿔소(Rhinocéros)」 초연.(독일 뒤셀도르프 샤우스필 극장, 카를 하인츠 슈트룩스 연출)

1961년 「의자」 재공연.(스튜디오 샹젤리제, 자크 모클레르 연출)

1962년 소설집 『대령의 사진(*La Photo du Colonel*)』 출판.
「왕은 죽어가다(Le Roi se meurt)」 초연. (알리앙스 프랑세즈 극장, 자크 모클레르 연출)
평론집 『노트와 반노트(*Notes et Contre Notes*)』 출판.
「공중 보행자(Le Piéton de l'air)」 초연. (독일 뒤셀도르프 샤우스필 극장, 카를 하인츠 슈트룩스 연출)

1964년 「갈증과 허기(La Soif et la Faim)」 초연. (독일 뒤셀도르프 샤우스필 극장, 카를 하인츠 슈트룩스 연출)

1970년 아카데미 프랑세즈 회원으로 선출.
「살인 놀이(Jeux de Massacre)」 초연. (몽파르나스 극장, 조르주 라블리 연출)

1972년 「맥베트(Macbett)」 초연. (라 리브 고쉬 극장, 자크 모클레르 연출)

1973년 「끔찍한 사창가(Ce formidable bordel!)」 초연. (모던 극장, 자크 모클레르 연출)
장편소설 『외로운 남자(*Le Solitaire*)』 출판.

1974년 한국 방문.

1975년 「가방 든 사람(L'Homme aux valises)」 초연. (아틀리에 극장, 자크 모클레르 연출)

1980년 「무덤 속의 여행(Voyages ches les morts)」 초연. (뉴욕 구겐하임 극장, 베르만 연출)

1991년 전 작품(희곡 33편)이 플레아드(Pléiade) 총서에 수록 출판.

1994년 파리에서 사망.

세계문학전집 73

대머리 여가수

1판 1쇄 펴냄 2003년 3월 15일
1판 41쇄 펴냄 2024년 4월 22일

지은이 외젠 이오네스코
옮긴이 오세곤
발행인 박근섭, 박상준
펴낸곳 (주)민음사

출판등록 1966. 5. 19. (제 16-490호)
서울특별시 강남구 도산대로1길 62(신사동) 강남출판문화센터 5층 (우편번호 06027)
대표전화 02-515-2000 팩시밀리 02-515-2007
www.minumsa.com

ISBN 978-89-374-6073-9 04800
ISBN 978-89-374-6000-5 (세트)

세계문학전집 목록

1·2 **변신 이야기** 오비디우스 · 이윤기 옮김 서울대 권장도서 100선
3 **햄릿** 셰익스피어 · 최종철 옮김 서울대 권장도서 100선 | 미국대학위원회 선정 SAT 추천도서
4 **변신 · 시골의사** 카프카 · 전영애 옮김 서울대 권장도서 100선
5 **동물농장** 오웰 · 도정일 옮김 미국대학위원회 선정 SAT 추천도서 | 《타임》 선정 현대 100대 영문소설
6 **허클베리 핀의 모험** 트웨인 · 김욱동 옮김 《뉴스위크》 선정 100대 명저
7 **암흑의 핵심** 콘래드 · 이상옥 옮김 미국대학위원회 선정 SAT 추천도서 | 《뉴스위크》 선정 10대 명저
8 **토니오 크뢰거 · 트리스탄 · 베네치아에서의 죽음** 토마스 만 · 안삼환 외 옮김 노벨 문학상 수상 작가
9 **문학이란 무엇인가** 사르트르 · 정명환 옮김
10 **한국단편문학선 1** 김동인 외 · 이남호 엮음 국립중앙도서관 선정 청소년 권장도서
11·12 **인간의 굴레에서** 서머싯 몸 · 송무 옮김
13 **이반 데니소비치, 수용소의 하루** 솔제니친 · 이영의 옮김 노벨 문학상 수상 작가
14 **너새니얼 호손 단편선** 호손 · 천승걸 옮김
15 **나의 미카엘** 오즈 · 최창모 옮김
16·17 **중국신화전설** 위앤커 · 전인초, 김선자 옮김
18 **고리오 영감** 발자크 · 박영근 옮김
19 **파리대왕** 골딩 · 유종호 옮김 노벨 문학상 수상 작가 | 《타임》 선정 현대 100대 영문소설
20 **한국단편문학선 2** 김동리 외 · 이남호 엮음
21·22 **파우스트** 괴테 · 정서웅 옮김 서울대 권장도서 100선 | 미국대학위원회 선정 SAT 추천도서
23·24 **빌헬름 마이스터의 수업시대** 괴테 · 안삼환 옮김
25 **젊은 베르테르의 슬픔** 괴테 · 박찬기 옮김 논술 및 수능에 출제된 책(1998~2005)
26 **이피게니에 · 스텔라** 괴테 · 박찬기 외 옮김
27 **다섯째 아이** 레싱 · 정덕애 옮김 노벨 문학상 수상 작가
28 **삶의 한가운데** 린저 · 박찬일 옮김
29 **농담** 쿤데라 · 방미경 옮김
30 **야성의 부름** 런던 · 권택영 옮김
31 **아메리칸** 제임스 · 최경도 옮김
32·33 **양철북** 그라스 · 장희창 옮김 노벨 문학상 수상 작가 | 서울대 권장도서 100선
34·35 **백년의 고독** 마르케스 · 조구호 옮김 노벨 문학상 수상 작가 | 서울대 권장도서 100선
36 **마담 보바리** 플로베르 · 김화영 옮김 서울대 권장도서 100선
37 **거미여인의 키스** 푸익 · 송병선 옮김
38 **달과 6펜스** 서머싯 몸 · 송무 옮김
39 **폴란드의 풍차** 지오노 · 박인철 옮김
40·41 **독일어 시간** 렌츠 · 정서웅 옮김
42 **말테의 수기** 릴케 · 문현미 옮김
43 **고도를 기다리며** 베케트 · 오증자 옮김 노벨 문학상 수상 작가 | 서울대 권장도서 100선
44 **데미안** 헤세 · 전영애 옮김 노벨 문학상 수상 작가
45 **젊은 예술가의 초상** 조이스 · 이상옥 옮김 서울대 권장도서 100선
46 **카탈로니아 찬가** 오웰 · 정영목 옮김
47 **호밀밭의 파수꾼** 샐린저 · 정영목 옮김 《타임》 선정 현대 100대 영문소설 | 미국대학위원회 선정 SAT 추천도서 | 《뉴스위크》 선정 100대 명저 | BBC 선정 꼭 읽어야 할 책
48·49 **파르마의 수도원** 스탕달 · 원윤수, 임미경 옮김
50 **수레바퀴 아래서** 헤세 · 김이섭 옮김 노벨 문학상 수상 작가 | 국립중앙도서관 선정 청소년 권장도서

51·52 **내 이름은 빨강** 파묵 · 이난아 옮김 노벨 문학상 수상 작가
53 **오셀로** 셰익스피어 · 최종철 옮김 서울대 권장도서 100선
54 **조서** 르 클레지오 · 김윤진 옮김 노벨 문학상 수상 작가
55 **모래의 여자** 아베 코보 · 김난주 옮김
56·57 **부덴브로크 가의 사람들** 토마스 만 · 홍성광 옮김 노벨 문학상 수상 작가
58 **싯다르타** 헤세 · 박병덕 옮김 노벨 문학상 수상 작가
59·60 **아들과 연인** 로렌스 · 정상준 옮김 《뉴스위크》 선정 100대 명저
61 **설국** 가와바타 야스나리 · 유숙자 옮김 노벨 문학상 수상 작가 | 서울대 권장도서 100선
62 **벨킨 이야기 · 스페이드 여왕** 푸슈킨 · 최선 옮김
63·64 **넙치** 그라스 · 김재혁 옮김 노벨 문학상 수상 작가
65 **소망 없는 불행** 한트케 · 윤용호 옮김 노벨 문학상 수상 작가
66 **나르치스와 골드문트** 헤세 · 임홍배 옮김 노벨 문학상 수상 작가
67 **황야의 이리** 헤세 · 김누리 옮김 노벨 문학상 수상 작가
68 **페테르부르크 이야기** 고골 · 조주관 옮김
69 **밤으로의 긴 여로** 오닐 · 민승남 옮김 노벨 문학상 수상 작가 | 미국대학위원회 선정 SAT 추천도서
70 **체호프 단편선** 체호프 · 박현섭 옮김
71 **버스 정류장** 가오싱젠 · 오수경 옮김 노벨 문학상 수상 작가
72 **구운몽** 김만중 · 송성욱 옮김 서울대 권장도서 100선 | 국립중앙도서관 선정 청소년 권장도서
73 **대머리 여가수** 이오네스코 · 오세곤 옮김
74 **이솝 우화집** 이솝 · 유종호 옮김 논술 및 수능에 출제된 책(1998~2005)
75 **위대한 개츠비** 피츠제럴드 · 김욱동 옮김 《타임》 선정 현대 100대 영문소설
76 **푸른 꽃** 노발리스 · 김재혁 옮김
77 **1984** 오웰 · 정회성 옮김 《타임》 선정 현대 100대 영문소설 | 《뉴스위크》 선정 100대 명저
78·79 **영혼의 집** 아옌데 · 권미선 옮김
80 **첫사랑** 투르게네프 · 이항재 옮김
81 **내가 죽어 누워 있을 때** 포크너 · 김명주 옮김 노벨 문학상 수상 작가
82 **런던 스케치** 레싱 · 서숙 옮김 노벨 문학상 수상 작가
83 **팡세** 파스칼 · 이환 옮김
84 **질투** 로브그리예 · 박이문, 박희원 옮김
85·86 **채털리 부인의 연인** 로렌스 · 이인규 옮김
87 **그 후** 나쓰메 소세키 · 윤상인 옮김
88 **오만과 편견** 오스틴 · 윤지관, 전승희 옮김 미국대학위원회 선정 SAT 추천도서
89·90 **부활** 톨스토이 · 연진희 옮김 논술 및 수능에 출제된 책(1998~2005)
91 **방드르디, 태평양의 끝** 투르니에 · 김화영 옮김
92 **미겔 스트리트** 나이폴 · 이상옥 옮김 노벨 문학상 수상 작가
93 **페드로 파라모** 룰포 · 정창 옮김
94 **차라투스트라는 이렇게 말했다** 니체 · 장희창 옮김 국립중앙도서관 선정 청소년 권장도서
95·96 **적과 흑** 스탕달 · 이동렬 옮김 국립중앙도서관 선정 청소년 권장도서
97·98 **콜레라 시대의 사랑** 마르케스 · 송병선 옮김 노벨 문학상 수상 작가 | BBC 선정 꼭 읽어야 할 책
99 **맥베스** 셰익스피어 · 최종철 옮김 서울대 권장도서 100선 | 미국대학위원회 선정 SAT 추천도서
100 **춘향전** 작자 미상 · 송성욱 풀어 옮김 서울대 권장도서 100선
101 **페르디두르케** 곰브로비치 · 윤진 옮김
102 **포르노그라피아** 곰브로비치 · 임미경 옮김
103 **인간 실격** 다자이 오사무 · 김춘미 옮김
104 **네루다의 우편배달부** 스카르메타 · 우석균 옮김

105·106 이탈리아 기행 괴테 · 박찬기 외 옮김
107 나무 위의 남작 칼비노 · 이현경 옮김
108 달콤 쌉싸름한 초콜릿 에스키벨 · 권미선 옮김
109·110 제인 에어 C. 브론테 · 유종호 옮김 BBC 선정 꼭 읽어야 할 책
111 크눌프 헤세 · 이노은 옮김 노벨 문학상 수상 작가
112 시계태엽 오렌지 버지스 · 박시영 옮김 《타임》 선정 현대 100대 영문소설 | 《뉴스위크》 선정 100대 명저
113·114 파리의 노트르담 위고 · 정기수 옮김 미국대학위원회 선정 SAT 추천도서
115 새로운 인생 단테 · 박우수 옮김
116·117 로드 짐 콘래드 · 이상옥 옮김 《뉴스위크》 선정 100대 명저
118 폭풍의 언덕 E. 브론테 · 김종길 옮김 미국대학위원회 선정 SAT 추천도서
119 텔크테에서의 만남 그라스 · 안삼환 옮김 노벨 문학상 수상 작가
120 검찰관 고골 · 조주관 옮김
121 안개 우나무노 · 조민현 옮김
122 나사의 회전 제임스 · 최경도 옮김 미국대학위원회 선정 SAT 추천도서
123 피츠제럴드 단편선 1 피츠제럴드 · 김욱동 옮김
124 목화밭의 고독 속에서 콜테스 · 임수현 옮김
125 돼지꿈 황석영
126 라셀라스 존슨 · 이인규 옮김
127 리어 왕 셰익스피어 · 최종철 옮김 서울대 권장도서 100선 | 《뉴스위크》 선정 100대 명저
128·129 쿠오 바디스 시엔키에비츠 · 최성은 옮김 노벨 문학상 수상 작가
130 자기만의 방 · 3기니 울프 · 이미애 옮김
131 시르트의 바닷가 그라크 · 송진석 옮김
132 이성과 감성 오스틴 · 윤지관 옮김
133 바덴바덴에서의 여름 치프킨 · 이장욱 옮김
134 새로운 인생 파묵 · 이난아 옮김 노벨 문학상 수상 작가
135·136 무지개 로렌스 · 김정매 옮김
137 인생의 베일 서머싯 몸 · 황소연 옮김
138 보이지 않는 도시들 칼비노 · 이현경 옮김
139·140·141 연초 도매상 바스 · 이운경 옮김 《타임》 선정 현대 100대 영문소설
142·143 플로스 강의 물방앗간 엘리엇 · 한애경, 이봉지 옮김 미국대학위원회 선정 SAT 추천도서
144 연인 뒤라스 · 김인환 옮김
145·146 이름 없는 주드 하디 · 정종화 옮김
147 제49호 품목의 경매 핀천 · 김성곤 옮김 《타임》 선정 현대 100대 영문소설
148 성역 포크너 · 이진준 옮김 노벨 문학상 수상 작가 | 퓰리처상 수상 작가
149 무진기행 김승옥
150·151·152 신곡(지옥편 · 연옥편 · 천국편) 단테 · 박상진 옮김 《뉴스위크》 선정 100대 명저
153 구덩이 플라토노프 · 정보라 옮김
154·155·156 카라마조프가의 형제들 도스토옙스키 · 김연경 옮김
157 지상의 양식 지드 · 김화영 옮김 노벨 문학상 수상 작가
158 밤의 군대들 메일러 · 권택영 옮김 퓰리처상 수상 작가
159 주홍 글자 호손 · 김욱동 옮김 서울대 권장도서 100선 | 미국대학위원회 선정 SAT 추천도서
160 깊은 강 엔도 슈사쿠 · 유숙자 옮김
161 욕망이라는 이름의 전차 윌리엄스 · 김소임 옮김
162 마사 퀘스트 레싱 · 나영균 옮김 노벨 문학상 수상 작가
163·164 운명의 딸 아옌데 · 권미선 옮김

165 **모렐의 발명** 비오이 카사레스 · 송병선 옮김
166 **삼국유사** 일연 · 김원중 옮김 서울대 권장도서 100선
167 **풀잎은 노래한다** 레싱 · 이태동 옮김 노벨 문학상 수상 작가
168 **파리의 우울** 보들레르 · 윤영애 옮김
169 **포스트맨은 벨을 두 번 울린다** 케인 · 이만식 옮김
170 **썩은 잎** 마르케스 · 송병선 옮김 노벨 문학상 수상 작가
171 **모든 것이 산산이 부서지다** 아체베 · 조규형 옮김 《타임》 선정 현대 100대 영문소설
172 **한여름 밤의 꿈** 셰익스피어 · 최종철 옮김 미국대학위원회 선정 SAT 추천도서
173 **로미오와 줄리엣** 셰익스피어 · 최종철 옮김 미국대학위원회 선정 SAT 추천도서
174·175 **분노의 포도** 스타인벡 · 김승욱 옮김 노벨 문학상 수상 작가 | 《타임》 선정 현대 100대 영문소설
176·177 **괴테와의 대화** 에커만 · 장희창 옮김
178 **그물을 헤치고** 머독 · 유종호 옮김 《타임》 선정 현대 100대 영문소설
179 **브람스를 좋아하세요...** 사강 · 김남주 옮김
180 **카타리나 블룸의 잃어버린 명예** 하인리히 뵐 · 김연수 옮김 노벨 문학상 수상 작가
181·182 **에덴의 동쪽** 스타인벡 · 정회성 옮김 노벨 문학상 수상 작가
183 **순수의 시대** 워튼 · 송은주 옮김 《뉴스위크》 선정 100대 명저 | 퓰리처상 수상작
184 **도둑 일기** 주네 · 박형섭 옮김
185 **나자** 브르통 · 오생근 옮김
186·187 **캐치-22** 헬러 · 안정효 옮김 《타임》 선정 현대 100대 영문소설
188 **숄로호프 단편선** 숄로호프 · 이항재 옮김 노벨 문학상 수상 작가
189 **말** 사르트르 · 정명환 옮김
190·191 **보이지 않는 인간** 엘리슨 · 조영환 옮김 《타임》 선정 현대 100대 영문소설
192 **왑샷 가문 연대기** 치버 · 김승욱 옮김 퓰리처상 수상 작가
193 **왑샷 가문 몰락기** 치버 · 김승욱 옮김 퓰리처상 수상 작가
194 **필립과 다른 사람들** 노터봄 · 지명숙 옮김
195·196 **하드리아누스 황제의 회상록** 유르스나르 · 곽광수 옮김
197·198 **소피의 선택** 스타이런 · 한정아 옮김 퓰리처상 수상 작가
199 **피츠제럴드 단편선 2** 피츠제럴드 · 한은경 옮김
200 **홍길동전** 허균 · 김탁환 옮김
201 **요술 부지깽이** 쿠버 · 양윤희 옮김
202 **북호텔** 다비 · 원윤수 옮김
203 **톰 소여의 모험** 트웨인 · 김욱동 옮김
204 **금오신화** 김시습 · 이지하 옮김
205·206 **테스** 하디 · 정종화 옮김 미국대학위원회 선정 SAT 추천도서 | BBC 선정 꼭 읽어야 할 책
207 **브루스터플레이스의 여자들** 네일러 · 이소영 옮김
208 **더 이상 평안은 없다** 아체베 · 이소영 옮김
209 **그레인지 코플랜드의 세 번째 인생** 워커 · 김시현 옮김 퓰리처상 수상 작가
210 **어느 시골 신부의 일기** 베르나노스 · 정영란 옮김
211 **타라스 불바** 고골 · 조주관 옮김
212·213 **위대한 유산** 디킨스 · 이인규 옮김 서울대 권장도서 100선 | BBC 선정 꼭 읽어야 할 책
214 **면도날** 서머싯 몸 · 안진환 옮김
215·216 **성채** 크로닌 · 이은정 옮김
217 **오이디푸스 왕** 소포클레스 · 강대진 옮김 서울대 권장도서 100선
218 **세일즈맨의 죽음** 밀러 · 강유나 옮김
219·220·221 **안나 카레니나** 톨스토이 · 연진희 옮김 서울대 권장도서 100선

222 **오스카 와일드 작품선** 와일드 · 정영목 옮김
223 **벨아미** 모파상 · 송덕호 옮김
224 **파스쿠알 두아르테 가족** 호세 셀라 · 정동섭 옮김 노벨 문학상 수상 작가
225 **시칠리아에서의 대화** 비토리니 · 김운찬 옮김
226·227 **길 위에서** 케루악 · 이만식 옮김 《타임》 선정 현대 100대 영문소설 | 《뉴스위크》 선정 100대 명저
228 **우리 시대의 영웅** 레르몬토프 · 오정미 옮김
229 **아우라** 푸엔테스 · 송상기 옮김
230 **클링조어의 마지막 여름** 헤세 · 황승환 옮김 노벨 문학상 수상 작가
231 **리스본의 겨울** 무뇨스 몰리나 · 나송주 옮김
232 **뻐꾸기 둥지 위로 날아간 새** 키지 · 정회성 옮김 《타임》 선정 현대 100대 영문소설
233 **페널티킥 앞에 선 골키퍼의 불안** 한트케 · 윤용호 옮김 노벨 문학상 수상 작가
234 **참을 수 없는 존재의 가벼움** 쿤데라 · 이재룡 옮김
235·236 **바다여, 바다여** 머독 · 최옥영 옮김
237 **한 줌의 먼지** 에벌린 워 · 안진환 옮김 《타임》 선정 현대 100대 영문소설
238 **뜨거운 양철 지붕 위의 고양이 · 유리 동물원** 윌리엄스 · 김소임 옮김 퓰리처상 수상작
239 **지하로부터의 수기** 도스토옙스키 · 김연경 옮김
240 **키메라** 바스 · 이운경 옮김
241 **반쪼가리 자작** 칼비노 · 이현경 옮김
242 **벌집** 호세 셀라 · 남진희 옮김 노벨 문학상 수상 작가
243 **불멸** 쿤데라 · 김병욱 옮김
244·245 **파우스트 박사** 토마스 만 · 임홍배, 박병덕 옮김 노벨 문학상 수상 작가
246 **사랑할 때와 죽을 때** 레마르크 · 장희창 옮김
247 **누가 버지니아 울프를 두려워하랴?** 올비 · 강유나 옮김
248 **인형의 집** 입센 · 안미란 옮김
249 **위폐범들** 지드 · 원윤수 옮김 노벨 문학상 수상 작가
250 **무정** 이광수 · 정영훈 책임 편집 서울대 권장도서 100선
251·252 **의지와 운명** 푸엔테스 · 김현철 옮김
253 **폭력적인 삶** 파솔리니 · 이승수 옮김
254 **거장과 마르가리타** 불가코프 · 정보라 옮김
255·256 **경이로운 도시** 멘도사 · 김현철 옮김
257 **야콥을 둘러싼 추측들** 욘존 · 손대영 옮김
258 **왕자와 거지** 트웨인 · 김욱동 옮김
259 **존재하지 않는 기사** 칼비노 · 이현경 옮김
260·261 **눈먼 암살자** 애트우드 · 차은정 옮김 《타임》 선정 현대 100대 영문소설
262 **베니스의 상인** 셰익스피어 · 최종철 옮김
263 **말리나** 바흐만 · 남정애 옮김
264 **사볼타 사건의 진실** 멘도사 · 권미선 옮김
265 **뒤렌마트 희곡선** 뒤렌마트 · 김혜숙 옮김
266 **이방인** 카뮈 · 김화영 옮김 노벨 문학상 수상 작가 | 미국대학위원회 선정 SAT 추천도서
267 **페스트** 카뮈 · 김화영 옮김 노벨 문학상 수상 작가 | 국립중앙도서관 선정 청소년 권장도서
268 **검은 튤립** 뒤마 · 송진석 옮김
269·270 **베를린 알렉산더 광장** 되블린 · 김재혁 옮김
271 **하얀 성** 파묵 · 이난아 옮김 노벨 문학상 수상 작가
272 **푸슈킨 선집** 푸슈킨 · 최선 옮김
273·274 **유리알 유희** 헤세 · 이영임 옮김 노벨 문학상 수상 작가

275 픽션들 보르헤스·송병선 옮김 서울대 권장도서 100선
276 신의 화살 아체베·이소영 옮김
277 빌헬름 텔·간계와 사랑 실러·홍성광 옮김
278 노인과 바다 헤밍웨이·김욱동 옮김 노벨 문학상 수상 작가 | 퓰리처상 수상작
279 무기여 잘 있어라 헤밍웨이·김욱동 옮김 미국대학위원회 선정 SAT 추천도서
280 태양은 다시 떠오른다 헤밍웨이·김욱동 옮김 《타임》 선정 현대 100대 영문 소설
281 알레프 보르헤스·송병선 옮김
282 일곱 박공의 집 호손·정소영 옮김
283 에마 오스틴·윤지관, 김영희 옮김
284·285 죄와 벌 도스토옙스키·김연경 옮김 미국대학위원회 선정 SAT 추천도서
286 시련 밀러·최영 옮김
287 모두가 나의 아들 밀러·최영 옮김
288·289 누구를 위하여 종은 울리나 헤밍웨이·김욱동 옮김 노벨 문학상 수상 작가
290 구르브 연락 없다 멘도사·정창 옮김
291·292·293 데카메론 보카치오·박상진 옮김
294 나누어진 하늘 볼프·전영애 옮김
295·296 제브데트 씨와 아들들 파묵·이난아 옮김 노벨 문학상 수상 작가
297·298 여인의 초상 제임스·최경도 옮김 미국대학위원회 선정 SAT 추천도서
299 압살롬, 압살롬! 포크너·이태동 옮김 노벨 문학상 수상 작가
300 이상 소설 전집 이상·권영민 책임 편집
301·302·303·304·305 레 미제라블 위고·정기수 옮김
306 관객모독 한트케·윤용호 옮김 노벨 문학상 수상 작가
307 더블린 사람들 조이스·이종일 옮김
308 에드거 앨런 포 단편선 앨런 포·전승희 옮김 미국대학위원회 선정 SAT 추천도서
309 보이체크·당통의 죽음 뷔히너·홍성광 옮김
310 노르웨이의 숲 무라카미 하루키·양억관 옮김
311 운명론자 자크와 그의 주인 디드로·김희영 옮김
312·313 헤밍웨이 단편선 헤밍웨이·김욱동 옮김 노벨 문학상 수상 작가
314 피라미드 골딩·안지현 옮김 노벨 문학상 수상 작가
315 닫힌 방·악마와 선한 신 사르트르·지영래 옮김
316 등대로 울프·이미애 옮김 《타임》 선정 현대 100대 영문소설 | 《뉴스위크》 선정 100대 명저
317·318 한국 희곡선 송영 외·양승국 엮음
319 여자의 일생 모파상·이동렬 옮김
320 의식 노터봄·김영중 옮김
321 육체의 악마 라디게·원윤수 옮김
322·323 감정 교육 플로베르·지영화 옮김
324 불타는 평원 룰포·정창 옮김
325 위대한 몬느 알랭푸르니에·박영근 옮김
326 라쇼몬 아쿠타가와 류노스케·서은혜 옮김
327 반바지 당나귀 보스코·정영란 옮김
328 정복자들 말로·최윤주 옮김
329·330 우리 동네 아이들 마흐푸즈·배혜경 옮김 노벨 문학상 수상 작가
331·332 개선문 레마르크·장희창 옮김
333 사바나의 개미 언덕 아체베·이소영 옮김
334 게걸음으로 그라스·장희창 옮김 노벨 문학상 수상 작가

395 **월든** 소로 · 정회성 옮김
396 **모래 사나이** E. T. A. 호프만 · 신동화 옮김
397·398 **검은 책** 오르한 파묵 · 이난아 옮김 노벨 문학상 수상 작가
399 **방랑자들** 올가 토카르추크 · 최성은 옮김 노벨 문학상 수상 작가
400 **시여, 침을 뱉어라** 김수영 · 이영준 엮음
401·402 **환락의 집** 이디스 워튼 · 전승희 옮김
403 **달려라 메로스** 다자이 오사무 · 유숙자 옮김
404 **아버지와 자식** 투르게네프 · 연진희 옮김
405 **청부 살인자의 성모** 바예호 · 송병선 옮김
406 **세피아빛 초상** 아옌데 · 조영실 옮김
407·408·409·410 **사기 열전** 사마천 · 김원중 옮김 서울대 권장도서 100선
411 **이상 시 전집** 이상 · 권영민 책임 편집
412 **어둠 속의 사건** 발자크 · 이동렬 옮김
413 **태평천하** 채만식 · 권영민 책임 편집
414·415 **노스트로모** 콘래드 · 이미애 옮김
416·417 **제르미날** 졸라 · 강충권 옮김
418 **명인** 가와바타 야스나리 · 유숙자 옮김 노벨 문학상 수상 작가
419 **핀처 마틴** 골딩 · 백지민 옮김 노벨 문학상 수상 작가
420 **사라진 · 샤베르 대령** 발자크 · 선영아 옮김
421 **빅 서** 케루악 · 김재성 옮김
422 **코뿔소** 이오네스코 · 박형섭 옮김
423 **블랙박스** 오즈 · 윤성덕, 김영화 옮김
424·425 **고양이 눈** 애트우드 · 차은정 옮김
426·427 **도둑 신부** 애트우드 · 이은선 옮김
428 **슈니츨러 작품선** 슈니츨러 · 신동화 옮김
429·430 **세계의 끝과 하드보일드 원더랜드** 무라카미 하루키 · 김난주 옮김
431 **멜랑콜리아 I–II** 욘 포세 · 손화수 옮김 노벨 문학상 수상 작가
432 **도적들** 실러 · 홍성광 옮김
433 **예브게니 오네긴 · 대위의 딸** 푸시킨 · 최선 옮김
434·435 **초대받은 여자** 보부아르 · 강초롱 옮김
436·437 **미들마치** 엘리엇 · 이미애 옮김
438 **이반 일리치의 죽음** 톨스토이 · 김연경 옮김
439·440 **캔터베리 이야기** 제프리 초서 · 이동일, 이동춘 옮김

세계문학전집은 계속 간행됩니다.